ピンポンラバー

谷山走太
SOTA TANIYAMA
イラスト みっつばー
MITZVAH

登場人物

飛鳥《あすか》翔星《しょうせい》
卓越《たくえつ》学園一年。『音速の鳥《ソニックバード》』と呼ばれていたかつての天才卓球少年。

白鳳院《はくほういん》瑠璃《るり》
卓越学園一年。冷酷無慈悲な卓球から『氷結の瑠璃姫』と呼ばれている。

朝比奈《あさひな》 椿《つばき》
卓越学園一年。翔星の幼馴染《おさななじみ》。日本一のトレーナーを目指す。

鹿島《かしま》沙月《さつき》
卓越学園一年。温泉街の卓球チャンピオン。

小早川《こばやかわ》志乃《しの》
卓越学園一年。情報収集が趣味。編入生の翔星たちに興味がある。

茨木《ばらき》鉄平《てっぺい》
卓越学園一年。パワー系で『鉄腕《アイアン》』の異名を持つ。

風間《かざま》健斗《けんと》
卓越学園一年。笑顔のイケメンで『爽快男《ミスタ・フレッシュ》』と呼ばれる。

前園《まえぞの》一輝《いっき》
卓越学園二年。前陣後陣どちらもこなすオールラウンダー。校内ランキング四位。

白鳳院《はくほういん》紅亜《くれあ》
卓越学園三年。瑠璃の姉。球を変幻自在に操る通称『紅《くれない》の魔女』。校内ランキング二位。

宙に浮かんだ白い点。

それはわずか四〇ミリのプラスチックの球。

とても軽く、それでいて脆《もろ》い球が、とてつもない速さで眼前に迫ってくる。

時速にして二〇〇キロ近いその速度は、殺人的といっても過言ではないかもしれない。

相手の打った球が手元に届くまで、わずか〇・一秒。人間の反応速度の限界が約〇・一秒とされていることから考えれば、もはや正気の沙汰《さた》とは思えないレベル。

刹那《せつな》の中で戦う高速の球技。

卓球——それが俺の愛してやまないスポーツの名だ。

第一章　入学

四月。天気は快晴。

暖かな陽光を受けながらたどり着いた、この春から通うことになる高校を俺は見上げる。

「ほぇー、でっかい校舎だねぇ」

隣では真新しい制服に身を包みマヌケに口を半開きにした栗色ショートヘアの女子、幼馴《おさなな》染《じみ》の朝比奈《あさひな》椿《つばき》が感嘆の声を漏《も》らしていた。

広い敷地の中にある校舎は、彼女の言うとおり巨大なものだった。

「ようやく高校生か……これで思う存分卓球ができるんだな。この瞬間を待ちわびていたぜ」

「あんまり無理しちゃダメだからね。それにしてもここに……ショウちゃんが捜している人がいるのかな？」

「たぶんな。この学園にいなけりゃ国内にはいないだろうから、世界中捜すハメになるぞ」

冗談混じりに言うと椿は天を仰《あお》いで恍惚《こうこつ》とした笑みを浮かべる。長年の付き合いからこの幼馴染はろくなことを考えていないだろうと容易に察しがついた。

「ショウちゃんと世界旅行かぁ……楽しそうだね！」

「俺はごめんだ」

「即答!?　ちょっと酷《ひど》くない……って、ああ！　置いてかないで……」

食い下がる幼馴染《おさななじみ》を置いて、入学式に参列するためこの俺――飛鳥翔星《あすかしょうせい》は体育館を目指した。


私立卓越《たくえつ》学園。

中高一貫、全寮制のこの学園は、一流の卓球選手を養成するための学校である。

世界最強といわれる卓球大国『中国』。さらにはそこから他国へ帰化する選手の増加により、近年卓球界における日本の格付けは下降傾向にある。

日本卓球界の弱体化を危惧《きぐ》した関係者はかの卓球大国に倣《なら》い、才能のある者たちを若いうちから激しい競争の中に身を置かせるためにこの卓越学園を設立した。

私立のスポーツ強豪校とも、日本オリンピック委員が作ったＪＯＣエリートアカデミーとも違う、卓球をやるためだけの学園。

広い敷地の中にそれぞれ中等部と高等部の校舎があり、各学年二クラス。一クラスは三十人ほどで、中高合わせた学園の全校生徒の数は、俺と椿《つばき》が通っていた公立中学校よりも少ない。それでも学園の生徒全員が卓球に関しては突出した才を持っている者たちだ。

全員に寮生活を送らせることで互いに刺激し合い、さらに学園内のランキング制度によって競争心を高める。優秀な設備と環境、全国から選《え》りすぐりの人材を集めているだけあって、この学園のレベルは他を圧倒する。

全国大会での上位は毎回独占状態。だが、その選手たちも学園内ではそこそこの選手でしかなく、一部のランキング上位選手は海外の大会にしか姿を現さない。

そして俺が捜している者もまた、中学時代一度も国内の大会で見かけることはなかった。

もしかするとすでに卓球をやめているのかもしれないが、あれほどの才能を持った者だ。簡単に卓球を捨てるとは思えない。

なによりそれでは、あのときの借りが返せない。

わずかな望みを託《たく》し、たどり着いたのがこの卓越学園というわけである。


学園の設立理念というひたすら眠気を誘う理事長の挨拶を乗り越え、入学式を終えた生徒たちはそれぞれ、これから学ぶことになる教室へと向かった。

教室内を覗《のぞ》くとまだ教師は来ておらず席についている者も少ない。ほとんどの生徒が談笑に興じていたようだが、俺たちが教室に足を踏み入れると雑談はピタリと止《や》み、全員の視線がこちらに向いた。

気にせず黒板に張り出された座席表を確認し、窓際の前から二番目——自分の席に着くと、周囲ではぽつりぽつりと会話が再開され少しずつ止まっていた時間が動き出す。

それでもチラチラとこちらに向けられる好奇の視線が鬱陶《うっとう》しい。

「あたしショウちゃんの前の席だよ！　やった〜」

そんな周囲の視線などお構いなしに、椿《つばき》はいつも通りのハイテンションだった。

クラスの最初の席は苗字の五十音順なので、昔からこの幼馴染《おさななじみ》が目の前にくることはよくあった。長い付き合いなので気を遣う必要がないのは助かるが、もう高校生なのだから少しは落ち着きというものを身に付けてほしいところだ。

「でもアレだよね。前の席だと授業中にショウちゃんを見ることができないんだよね。どうしよ〜」

「……見なくていいから。別にどうもしなくていいだろ」

「ショウちゃん席替わってよ」

「断る。一番前の席とか普通に嫌だから」

「ぶ〜、いいもん。ショウちゃんの後ろの人に頼むから！」

「後ろって……」

ぐるりと首を回す。俺の後ろの席では真っ赤な髪の男子生徒が前のめりに机に突っ伏し……寝ていた。窓から差し込む暖かな日差しを浴びながら、すやすやとそれはもう気持ちよさそうに……。

入学初日から堂々と寝てるとか、凄《すご》いな。

「ねぇねぇ、起きて。ほらもう朝だよ、起きてよ〜」

そして全く知らない相手を無理やり起こそうとするこいつも凄いな。

ゆっさゆっさと揺さぶられた赤髪の男はむくりと顔を上げ、

「あ……なんだよ？」

不機嫌そうに眉根《まゆね》を寄せた。逆立つ赤い髪は野性味溢《あふ》れ、その双眸《そうぼう》は鋭い光を放っている。威圧的な雰囲気に普通ならば萎縮《いしゅく》してしまいそうなものだが、あいにく俺の幼馴染は普通ではなかった。

「あのね、あたしと席替わってほしいんだぁ。あ、あたしの席はそこなんだけどね〜」

初対面の距離感など一切感じさせない。蛮勇《ばんゆう》ともとれる持ち前のハイテンションで椿は一方的に自分の要求を口にした。

そのあまりにあけすけな態度に赤髪の男も呆然と固まっている。

「普通に断っていいぞ。こいつがワガママ言ってるだけだから。一番前の席とか、嫌だろ？」

「……別に構わねぇよ」

「わ〜い！　やった〜」

意外にも、男は椿の無茶なお願いをあっさり聞き入れていた。

「ホントにいいのか？」

「ふぁ……いいってことよ。カッケェ男は席ごときでガタガタ言わねぇもんだよ」

あくび混じりに男は椿と席を交換する。

なんだよ。俺がかっこ悪いみたいじゃないか。

替わった席に座って首をぐるりと回した男は、ふと何かに気がついたのか、あらためて俺に向き直った。

「ん、もしかして……お前ら二人とも編入？　オレもなんだけどさ……」

「そうだけど、よくわかるな」

「なんつーの？　中等部からいるヤツらって、なんかオレらを見る目が違うじゃん」

ああ、それはなんとなくわかる。

先ほどから向けられている距離を置いて窺《うかが》うような、じっと観察するような視線。この学園では中学からエスカレーター方式で上がってくる生徒がほとんどなので、よその中学から編入してくる者を見る目としてはこんなものだろう。ある程度覚悟はしていた。

「で、ぶっちゃけお前って卓球強いの？」

唐突に赤髪の男は力強い視線をぶつけてきた。周囲の生徒たちとは明らかに違う、獲物を狙う野生の獣のような瞳だ。

「ずいぶん直球な質問だな」

「連中みたいに遠くから離れてじっくり眺めてるなんてのは、性《しょう》に合わねぇ。気になったら真正面からぶつかってこそ、男だろ？」

ニヤリと獰猛《どうもう》な笑みを浮かべる。

おかしなヤツだが不思議と悪い気はしなかった。

負けじと俺も不敵な笑みを返してやる。

「そうだな……少なくともお前が思ってるよりは、強いと思うよ」

「へぇ、おもしれぇじゃん」

「そっちこそ、どうなんだよ？」

「オレか？　これでも鬼川中《おにがわ》の鹿島沙月《かしまさつき》といやぁ、地元の町じゃあ知らないヤツはいねぇ。無敵の卓球チャンピオンだったんだぜ」

「…………」

鹿島沙月……頭の中で昨年の全国大会などで活躍した選手の名前を思い出してみるが、そんな名前はなかったはずだ。胸を張って堂々と口にしているところ悪いが……地元の町とか、正直ビミョーだしなぁ……。

この学園がどういう場所かわかっているのだろうか。一応教えておいてやる。

「言っとくけど、この学園の連中って、みんな全国大会とかでも上位に入れるくらいの、実力のあるヤツばっかりだぞ」

「な、なにぃ！」

案《あん》の定《じょう》、沙月は素《す》っ頓狂《とんきょう》な声をあげた。

やっぱり知らなかったのか。受験の際は卓球に関する試験さえクリアしてしまえば入学できるとはいえ、無知にもほどがあるだろ。

驚きに目を見開いたまま、プルプルと震える指で沙月《さつき》はこちらを指差す。

「じゃあ……もしかして、お前も中学の頃はそういうデケェ大会で活躍してたのか？」

「あ、いや……俺は中学の頃の実績とかないけどさ……」

「なんだ、じゃあたいしたことないんじゃねぇか。だったらオレのほうが――」

ほっと安堵《あんど》の吐息を漏《も》らし強気の姿勢に戻る沙月の言葉を「でもな」と遮《さえぎ》った。

たしかに俺には中学の頃の実績なんてありはしない。

けれどただ一つ、これだけは断言できる。

「他の誰よりも、俺が一番卓球好きだから。それだけは間違いないよ」

はっきりと声に出して言ってやる。

それを聞いた沙月はポカンと口を半開きにしたまま固まった。待つこと数秒、眼前の赤頭は小さく口の端《は》をつり上げる。

「ハハッ、やっぱお前おもしれぇな。えーっと……」

「飛鳥《あすか》翔星《しょうせい》くん……だよね？」

俺が名乗る前に、頭上から声がした。

顔を上げるとすぐそばに見知らぬ女子生徒が立っており、

「飛鳥翔星くんでしょ。それから……あれ？　席替わった？　えっと……朝比奈《あさひな》椿《つばき》さんと鹿《か》島《しま》沙月くん、であってる……かな？」

　やや戸惑いながらも尋ねてくる。彼女のスカートから覗《のぞ》く脚は引き締まっており全体的にスラッとした体型だが、女性らしく出るところはしっかりと出ていた。どこぞの真っ平《まったい》らな幼《おさな》馴染《なじみ》とは大違いだ。

「あたしは小早川《こばやかわ》志乃《しの》。志乃って呼んでくれて構わないよ。中等部からこの学園にいるから学校のこととか寮生活とか、わからないことがあったらなんでも聞いてよ」

　そう言って、志乃は柔らかで友好的な笑みを向けてくる。

「それじゃあ、気になることがあるんだけどさぁ」

　さっそく沙月が声をあげ、

「ん？　なんでも聞いて」

「ここに『午前中は主に座学』って書いてあるじゃん？」

　入学式で配られた学校案内のとあるページを指差していた。

「ああ、それ。半分くらいは卓球の戦術やスポーツ科学の授業よ。外国語や一般教養の授業も少しあるけれど、ほとんどは卓球に関する勉強だから安心して」

「もしかして……こうやって座って授業を受ける、のか？」

「なんだ？　お前は立ったまま授業受けたいのか？」

　からかい半分に言ったつもりが、沙月は驚愕の真実を告げられたような面持ちで、

「ここって、ひたすら卓球だけしてる学校じゃねぇのかよ……」

うなだれるように頭を抱えていた。どれだけ勉強嫌いなんだよ……。

「まあこいつは放っておいて、後で練習場に案内してもらっていいか？　さっき校内の案内図見たけど、ちょっとわかりにくくて……」

「たしかに、わかりにくいよね。オッケー、それくらいならお安い御用だよ」

「志乃《しの》ちゃんは親切だね。助かるな～」

持ち前の人懐っこさで椿《つばき》は彼女の手を取りブンブン振った。

編入生の俺たちはこの学園について知らないことが多いので、彼女の申し出はとてもありがたい。

「ちょっと待った。聞きたいことなら他にもあるぞ」

忘れるなとばかりに沙月《さつき》は、さっきとは違うページを指差していた。

「この案内に温泉完備って書いてあるだろ……けど寮の部屋の風呂は普通だったぞ」

「それ……どうでもよくないか？」

「バカヤロウ！」

なぜか怒鳴られてしまった。

「風呂ってのはなぁ、真っ裸のこの身一つで入るもんだ。風呂でこそ、そいつがどれだけカッケェ男かわかるってんだ。つまりイイ男ほど、イイ風呂に入るんだよ！」

握り拳《こぶし》を作って沙月は熱く語り出すが……意味がわからない。

「それなのに、まさか普通の風呂しかない……だと⁉」

「んと、その……沙月くん、ドンマイ！」

「つーかお前、何しにこの学園きたんだよ」

「だってよぉ、風呂が温泉だって……ついでにこの学園なら毎日卓球できるって……」

「どう考えても風呂がついでだろ」

「くっ……こんなことがぁ……」

がっくりと崩れ落ちる沙月。心なしかツンツンした赤い髪も元気なく萎《しお》れていたが、

「ええっと……共用の大浴場っていうのがあって、一応そっちは温泉だから」

「ん……なんだ、やっぱり温泉あるんじゃねぇか。それも広い風呂で！」

すかさずぴょんと赤い頭が跳ね上がる。

「飛鳥《あすか》くんたちにはあとで練習場を案内するね」

「しかも卓球もできるとか、最高だなこの学園は！」

とんでもない立ち直りの早さだった。

色々とおかしなヤツだが「毎日卓球ができる環境は最高」この点だけは共感できた。

入学初日ということもあり、ホームルームが終わると完全な自由時間だった。

一度寮の部屋へと戻り、着替えなどの準備を済ませてから椿《つばき》と待ち合わせ場所へ向かう。寮から少し離れた校舎の通用口では、すでに沙月《さつき》と志乃《しの》が待っていた。

「ずいぶん準備に時間がかかったね」

「まあいろいろあるんだよ。ほら、行こうぜ」

怪訝《けげん》な視線を向ける志乃に、曖昧《あいまい》な笑みで答えて歩き出す。練習場への案内を頼みはしたが、おおよその場所はわかっているのだ。歩き始めると、すぐに沙月が並んできた。

「あんまり遅いから志乃っちと軽くメシでも食いに行こうかって話してたんだぜ」

「たしかに食堂の話はしてたけど……しのっち、って……それあたしのこと？」

「親しくなったらあだ名で呼ぶもんだろ？　なあ、ショウ！」

沙月の親しいの基準がよくわからないが、志乃に続いて馴《な》れ馴《な》れしく呼ばれてしまう。

「同意を求めないでくれ。まあ俺は別に構わないけど……」

「じゃあ、あたしは？　あたしは？」

渋い顔をする俺の隣では幼馴染《おさななじみ》が目を輝かせてぴょんぴょんと跳ねていたが、

「椿だから……バッキーだな」

「うう、あんまり可愛《かわい》くないよぉ」

途端に唇《くちびる》を尖《とが》らせしゅんとなっていた。

「そういやこの学園のランキングシステムってあるだろ？　あれってどうやってランク付けし

ているんだ？」

歩きながら、志乃に質問してみる。

「大会に出場したり、校内で行われた練習試合の対戦成績に応じてポイントが加算されていくシステムだよ。直近一か月の獲得ポイントでランキングが決まるの」

「へぇ、卓球の世界ランキングみたいなシステムだな」

「中等部と高等部のランキングは別だから、高等部に上がったばかりのあたしたちはまだあまり関係ないけど、でもランキング上位者は設備とか色々優遇されるから、みんな必死だよ」

「……それって学園の外で大会出まくれば、ポイント荒稼ぎできるんじゃね？」

真っ先に思いついた方法を口にするが、

「国内だとポイント対象の大会はインターハイとか国体とか、それくらい大きな大会だけだよ。だからみんなほとんど外の大会には出ない。海外の大会はポイント対象の大会多いけど、あっちはそもそも荒稼ぎできるような環境じゃないしね。ちなみに校内での練習試合で自分よりも順位が下の相手と試合して負けた場合にはポイント減算されるから、気をつけて」

当然それくらいは学園側も考えているらしい。まあ楽する方法を考えたって仕方ない。

「ようするにこの学園の強いヤツに勝ちまくればいいんだろ！」

拳《こぶし》を握った沙月が言うように、結局はそういうことなのだ。

会話をしているうちに、鉄筋コンクリートのかまぼこ形の建物が見えてきた。シンプルな体育館といった外観で、ボールを打つ乾いた音が建物の中から響いてくる。早くこの音の中に混ざりたくてうずうずと胸が高鳴るが、ここにきて俺の足が止まってしまう。

入学式で配られた校内の案内図を見た限りこの建物が練習場で間違いないはずなのだが……なぜか同じ建物が三つ並んでいた。

「やっぱりわかりにくいよね」

振り返ると、背後で志乃《しの》が苦笑していた。

「三つとも高等部の練習場だよ。手前の建物が主に一年生の練習場。奥にあるのが二年生、三年生と学年ごとに練習場が違うから、間違えないようにね」

そう言って一番手前の建物の扉を開く。

「おおっ」

思わず感嘆の声が漏《も》れてしまった。

俺が通っていた公立の中学校の体育館よりも広大なスペース。そこには卓球台がズラリと並び、多くの生徒たちが打ち合っていた。

しかもここはあくまで一年生専用の練習場。二、三年用にも同じような施設があるのか。この他にも筋トレ用のマシンルームや、マッサージルーム、メディカルルームなんかも完備されているらしい。まさしく卓球のための学園だ。

それにやはり、生徒の意識も高いようだ。

今は自由時間のはずだが、すべての卓球台が埋まっている。さすがは卓越《たくえつ》学園の生徒。ヒマだからといって寮の部屋でゴロゴロしたりはしないか。向上心があって感心感心。

ちなみに卓越学園では全員が揃って同じ練習をするといったことはない。

基本、練習メニューは自分で考える。どのような効果があって、どんな目的でその練習をするのか、自ら意識して取り組ませるためだ。

もちろんかつて実業団で活躍したような人が何人もコーチとして常勤しているため、教えを請《こ》いたい生徒は一緒に練習法を考えてもらったり、指導を受けたりもできる。

とにかく周りに合わせる必要がないというのは俺にとって、とてもありがたい話だった。

「黄色がいっぱいで、目がチカチカするねぇ」

椿《つばき》の言うとおり、場内で練習している生徒の多くが黄色のウェアを着ている。

「一年生のカラーが黄色だからね。ユニフォームとか一通り配られているでしょ？　まあ別に練習は何着ても問題ないけど。学園のユニフォームで他の色着ている人は上級生、くらいは覚えておいたほうがいいかもね」

「卓球強けりゃ、学年なんて関係ねぇだろ！」

「こういう人と一緒に行動する時、なるべく上級生に近づかないようにするのに便利でしょ？」

「なるほどな」

卓球の試合となれば、沙月《さつき》の言うとおり年齢なんて関係ない。勝つために全力を尽くすだけだ。ただそれ以外の学校生活では礼儀は大事だと思う。無用なトラブルは避けたいしな。

ぐるりと場内を見回してみる。ふむ、ざっと見たところ卓球のレベルは高いが、俺の捜している人間はいないようだ。

まあここにいるのが学園の生徒全員ってわけでもないし、そっちはこれからの学園生活でじっくり捜すとして、今は久しぶりの卓球を目一杯楽しむことにしよう。

近くに空き台ができたのでそちらに移動すると、さっそく志乃《しの》が口を開いた。

「じゃあとりあえず、三人ともあたしと軽く打ってもらえる?」

「え? ペア決めてやるんじゃなくて、みんな志乃ちゃんと打つの?」

目を丸くする椿《つばき》だったが、俺にはこの展開は想定内だ。

「……やっぱりそれが目的か」

「バレてた? まあ理由もなく編入生の校内案内なんて面倒なこと、普通はしないよね」

「編入生の俺らの実力が気になるんだろ?」

「気にならない人間なんか、この学園にはいないよ」

悪びれもせず志乃は答える。

やっぱりただの親切な女子じゃなかったか。

この学園では競争を促すためのランキング制度というものがある。つまり俺たちは同じ一年生で仲間だが、同時にライバルでもあるのだ。すでに校内での戦いは始まっている。志乃としては編入生で情報の少ない俺たちのことを少しでも知っておきたいのだろう。

「けど俺らの他にも編入生は何人かいるだろ？」

「今年の編入生は全部で八名。そのうち五人は中学時代の大会の映像があるから実力はだいたいわかってるよ。今年の編入生で全く情報がないのはキミたち三人だけ。まあ飛鳥《あすか》翔星《しょうせい》に関しては、全く情報がないってわけでもないんだけど……」

「じょ、情報収集だろうが、俺らは別に構わないから。こうして台も使えることだし。とりあえず打つ順番を決めようか。ジャンケンとかでさ」

話が嫌な方向へ進みそうな気がしたので、無理やり流れを変えようと試みる。

「じゃあショウ、オレと打とうぜ！　どっちが強い男か勝負だ！」

「お前は人の話を聞けよ」

そんなやりとりをしていると、

「なんだぁ？　台が空いてねぇじゃねぇか」

やたらと大きな声が耳に届いた。

振り返ると練習場の入り口に体格のいい男子がいた。がっしりとしており、卓球よりもラグビーとか柔道とかに向いてそうだ。おそらく空いている台を探しているのだろう。ぐるりと視線を巡らせていたが、

「見かけない連中がチラホラいるが……そうか、編入のヤツらもいるのか。まあいいや」

男は一番近くにいた俺たちのもとへ、大股《おおまた》でずんずん歩いてきて、

「あー、お前ら邪魔だからどっか行け」

信じられないような言葉を口にした。

「……は？」

突然のことに困惑してしまう。あまりに横暴な物言いだった。

「いやいや、俺らは今からこの台使うんだよ。見りゃわかるだろ」

「お前ら編入だろ？　だったら知らなくてもしょうがねぇか。俺は茨木《ばらき》鉄平《てっぺい》。去年まで中等部のランキングで八位『鉄腕《アイアン》』の茨木とは俺のことだ！」

男は胸を張って名乗りを上げた。

だから……なんだよ？

首を傾《かし》げる俺を見て、茨木は愕然《がくぜん》とする。

「マジかよ……この学園のルールも知らないのか。この学園では卓球の強いヤツが正義。だから強いヤツが優先して設備を使えるんだよ」

「そういえば、そんなことがどっかに書いてあったな……」

「卓越《たくえつ》学園の規則によるとぉ、設備の使用予約が重なったときに、ランキング上位者が優先的に使用できるんだってぇ」

隣で椿《つばき》が『卓越学園生徒の心得《こころえ》』と書かれた生徒手帳を広げていた。

へぇ、実力主義の卓越学園らしいルールだな。

「それでもこんな強引なやり方は、あんまりだろ」

「そもそもあたしたちに中等部の頃のランキングなんて関係ないよねぇ」

当然の抗議に椿も加わってくれるが、そんな俺たちを茨木は鼻で笑い飛ばした。

「ハッ、他所《よそ》のぬるい卓球やってた編入のヤツが俺より強いわけがねぇだろうが。この台は俺が使わせてもらうから、お前らは外でも走ってこいよ」

「ちょっと茨木、編入相手にいきなりそんなこと言わなくても。それに彼は……」

「うるせぇな。小早川《こばやかわ》は黙ってろよ！」

ドンッ、と茨木の伸ばした腕が志乃《しの》に当たる。バランスを崩して後方に倒れそうになる身体《からだ》を、咄嗟《とっさ》に沙月《さつき》が受け止めていた。

その瞬間……俺の頭の中でなにかが切れる音がした。

「志乃っち、大丈夫か？」

「え……あ、ありがとう」

「礼には及ばねぇよ……ん、今のオレ、結構カッケェ男だったんじゃね？」

「そうね、最後のを言わなければね……」

「…………まあ志乃っちに怪我《けが》がないならいいや」

優しく志乃を立たせてあげた沙月は、キッと茨木を睨《にら》みつける。

「おいデカイの！　てめぇ、なにしやがる！　志乃《しの》っちはなぁ、慣れない学校で困ってるオレらの面倒見てくれる優しい女なんだぞ！」

「あ、ごめん。面倒見てたのはキミたちの情報が欲しかったからなんだけど……」

「………とにかく優しいんだコラァ！　ランキングだかなんだか知らねぇが……っと？」

でたらめなキレッぷりを見せる沙月《さつき》の肩を、俺は掴《つか》んで制止した。

「ちょっと落ち着けよ」

「なんで止めるんだよ！　男ならなぁ、こんなヤツは一発ぶん殴《なぐ》っ……て……」

「いや、その必要はないから」

振り返った沙月が俺の顔を見て言葉を詰まらせた。

そのまま一歩前へと進み出て、茨木《ばらき》を見据《みす》える。

「えっと……なんだっけ、アイアイだっけか？」

「鉄腕《アイアン》の茨木だっ！」

「……じゃあ茨木さ、お前に一つ言っておくことがある」

「ああ？　なんだよ？」

怪訝《けげん》な顔をする茨木に、これだけは言ってやる。

「女の子には優しくだ!!」

練習場に俺の声が響き渡った。

しばしぽかんとしていた茨木だったが、やがて「ぶはっ」と笑い出した。

「お前なに言ってんだ？　カッコつけてんのか知らねぇけど、わけわかんないこと言ってないで早く台空けろよ。俺が練習できないだろうが」

「練習か……そっちの言いたいことはわかったから、どっか別のところに行ってくれないか？今からこの台、俺が使うから」

「お前は話聞いてたのか？　俺が使うからどけって言ってんだよ。この学園では卓球の強いヤツに、弱いヤツは逆らえねぇんだよ」

「いいからお前……黙れよ」

「……っ！」

低い声で睨《にら》みつけると、わずかに茨木が怯《ひる》んだ。

ようやくこちらの怒りに気がついたらしい。

「黙れよ……言いたいことはわかったって言ってるだろ。どっか行けよ」

「わかってねぇじゃねぇか！」

「わかってないのはお前のほうだよ」

ニッと笑みを浮かべて、握ったラケットを茨木に向ける。

「俺のほうが強いって言ってるんだ」

ゆっくりと卓球台へと向かう俺の前に、沙月と志乃が立ち塞《ふさ》がった。

「茨木《ばらき》が中等部でランキング八位だったのは本当だよ。大丈夫なの？」

「アイツの相手はオレがしてやる。ショウは下がってな」

理由は違うが二人して俺を止めようとしていた。けどお前らじゃ、今の俺は止められないよ。

「悪いな。これだけは譲れないんだ。相手が強いとか、関係ない。俺は一人の卓球好きとして
さっきのあいつの行動は許せないんだよ」

どんなに強かろうが、どんなに偉かろうが、女の子に手をあげるようなヤツは許すわけには
いかない。あの日彼女と、そう約束したのだから……。

「バッキーからも何か言ってやれよ」

止まらない俺を見て、沙月《さつき》が椿《つばき》に援護を求める。

椿か……こんなとき、椿は俺になんて言うだろう？　長い付き合いだ。なんて言うかまで
はわからないが、どんな顔をしているかは想像がつく。

振り返ると、まっすぐこちらを見ていた椿と視線が合い、

「ショウちゃん、ほどほどにね」

ニコッと微笑《ほほえ》み、優しく送り出してくれる。

「大丈夫だ。すぐ終わらせる」

片手を挙げてそれに応えた。

「ハッ、女の前だからってカッコつけやがって。恥かくことになっても知らねぇぞ」

吐き捨てるように言って、茨木は自らのラケットを握り締めた。その大きな身体《からだ》では、いささか握ったラケットが小さく見える。なるほど……なかなかの威圧感だ。

ジャンケンにより最初のサーブはこちらから。

さて、中等部の頃のランキングとはいえ相手は八位。ならちょうどいい。卓越《たくえつ》学園の実力がどれほどのものか確かめるいい機会だ。

それともう一つ、この際やっておかなければならないことがあるな。

そんなことを考えていると、

「他の編入連中もよく見てろよ。最初に実力の違いってヤツを教えてやるよ！」

台を挟んで向こう側、茨木が大声で吠えていた。

その言葉に、堪《こら》えきれず「くっくっ」と笑いが込み上げてしまう。

「何笑ってんだよ」

「いや、俺も同じことを考えていた」

ふわり、と白色の球を高く放《ほう》る。宙に浮かんだ白い点が、重力に従いゆっくりと落ちてくるのに合わせて、切り裂くように腕を振るった。

もう一つこの際やっておくこと、それは今後こいつみたいにランキングがどうとか、俺に向かって吠えるアホが出てこないようにすることだ。

心地好《ここちよ》い乾いた音が耳を打つ。

静寂を切り裂くように、打球が白い軌跡《きせき》を描く。

高速で行き交うそれは、まるで青いキャンバスの上に文字を描くかのようだ。

汗と埃《ほこり》が混じったような、体育館独特の匂いは嫌いじゃない。

こちらの集中に割って入ってくる、気を吐く鋭い息づかいも、嫌いじゃない。

それどころか、脈打つ心臓の鼓動も、軋《きし》む筋肉の伸縮も、足の裏から伝わる刺激も、ラケットから手に伝わってくる感触も、打球が風を切る音も、すべてがすべて、たまらなく大好きだ。

やっぱり卓球は最高だ。

久しぶりの快感を思う存分味わっていると、無粋《ぶすい》な声が静まり返った室内に響いた。

「この野郎。ニヤつきやがって、調子にのってんじゃねぇぞ!」

思わず顔に出ていたらしい。

仕方ないだろう。卓球は、こんなに楽しいスポーツなのだから。

対面の茨木《ばらき》が苛立《いらだ》ったように、荒々しく腕を振るう。

「食らえっ、俺の全力ドライブ『渾身の鉄球《ハンマー・ショット》』!」

その太い二の腕から繰り出される打球は、力強く、そして重い。『鉄腕《アイアン》』の呼び名にふさわしいものを、茨木はたしかに持っているのだろう。

だが――甘い。

腕を振るった茨木の脇を、ボールが駆け抜けていった。

「なっ⁉　てめぇ……」

驚愕《きょうがく》の面持《おもも》ちで固まる茨木にラケットを突きつけ、言ってやる。

「……ったく、その程度でイキがるなよ」

いつのまにか俺たちの台を囲むように、周囲に人だかりができていた。集まったギャラリーは一様に目を見開いて静まり返っている。

なんだかな。点をとったら拍手するなり、歓声を上げるなり、もう少し盛り上がってほしいものだ。

「いけいけショウちゃん！　そんなヤツやっつけちゃえ！　ほら、そこだぁ！　ショウちゃんが押せ押せの、攻めまくってて、カッコイイーッ！」

椿《つばき》……お前は盛り上がらなくていいよ。

その後も一方的に攻め続けた。困惑する茨木に立ち直る隙《すき》など与えない。容赦《ようしゃ》なく畳みかけ一気に試合を終わらせた。

「ん、俺の勝ちだな」

「くっ……」

中等部のランキング八位という話だったが、茨木の卓球はパワードライブを中心としたゴリゴリの力押しで、たいして面白くもなかった。まあ俺が先手を打って、相手にまともに打たせなかったってのもあるんだが……。

「すごい……『鉄腕《アイアン》』の茨木《ばらき》相手に、全部三球以内に……速攻だけで押し切った……」

「……ふん、なかなか男じゃねえか」

「どう？　ショウちゃん凄《すご》いでしょ、強いでしょ。いっぱい頑張ったんだふぎゃっ！」

驚く志乃《しの》と沙月《さつき》に向かって鼻を膨《ふく》らませていた椿《つばき》の顔面にタオルを投げつける。

なんでお前がそんなに偉そうなんだよ。

「どうして……俺はこの卓越《たくえつ》学園という最高の環境で三年間、ずっと自分を磨いてきたのに」

振り返ると茨木はまだ敗戦のショックから立ち直れないのか身体《からだ》を細かく震わせていた。

どうして、って言われてもなぁ……。

「この学園が常に最高ってわけでもないだろ。強くなる方法は人それぞれだ。俺だって内容は違うだろうけど、この三年間血ヘド吐いて、地べた這《は》いずり回って、泥水啜《すす》ってきたんだ」

「ショウちゃんが啜ってたのはプールの水だけどね」

「おい、余計なことは言わなくていいんだよ」

ジロリと睨《にら》むと椿はジーとお口にチャックのポーズをとった。

「くそっ、こんなドコの馬の骨ともわからない野郎に、この俺が負けるわけが……」

「ドコの馬の骨って、茨木ね……彼はあの飛鳥翔星《あすかしょうせい》だよ。気づいてなかったの？」

悔しさに顔を歪《ゆが》ませる茨木に向かって、志乃が告げる。

ガバッとこちらを向いた茨木の表情が驚愕《きょうがく》で満たされた。

「飛鳥って……まさか、あの『音速の鳥《ソニックバード》』か⁉」

途端に周囲がどよめきに包まれる。

正直あまりその名で呼んでほしくはなかった。

音速の鳥《ソニックバード》――かつての俺はそう呼ばれていた。俺の名前から、誰かがそう呼び始めた。呼ばれ始めたのはたしか、雑誌で『天才卓球少年現る』なんて記事が書かれてからだ。しかし自分のことを天才だなんて思ったことは一度もない。

物心ついた頃から父親に卓球を教えこまれ、どこに行くにもラケットを持たされた。人より早く卓球を始めていて、人より多く練習していた。嫌々やらされていたわけではなく、子どもがテレビゲームで遊ぶように、ただ卓球に夢中だっただけだ。

それに家に隣接した卓球場には毎日いろんな卓球好きの人が来ており、最初は勝てなくても練習して弱点を克服したり相手の戦術を研究したりして、自分よりもずっと年上の人を負かすのは、どんなゲームよりも面白いと思った。

だから自分が同年代の子どもに勝てるのは必然だと思っていた。人より卓球に時間をかけていた分、それなりに自信とプライドもあった。

ちなみに小学生時代の俺は、同じ小学生相手に負けたことはない。

ただ一人、あの女の子を除いては…………。

「ウソだろ……だって『音速の鳥《ソニックバード》』は……中学時代は一度も大会に出てこなくて、卓球やめたって噂《うわさ》だったじゃねぇか……」

別にやめていたわけじゃないんだけどな。それを説明するのも面倒だ。

手早く荷物をまとめてこの場から離れる準備をしていると、志乃《しの》が声をかけてきた。

「あれ？　勝ったのに行っちゃうの？」

「ああ、今日は軽く身体《からだ》動かすのが目的だったから、もう十分だ。そこの台は沙月《さつき》と志乃で好きに使っていいよ」

なにより周囲の人だかりが増えており、とてもじゃないがこのままここで練習する気にはならない。

「待てよ『音速の鳥《ソニックバード》』……もう一度俺と勝負だ」

ギリギリと音が聞こえてきそうなほど歯を食いしばった憤怒《ふんぬ》の形相で、茨木《ばらき》がこちらを睨《にら》みつけてくる。

うわぁ、こえぇ……目を合わせたら呪い殺されてしまいそうだ。

「嫌だよ。もう俺が勝っただろ。それにもう一度やったって結果は変わらないと思うけど？」

「認めねぇ……あんなの、認めねぇぞ！　さっきのは不意打ちみたいなもんだ。てめぇのその極端な戦型さえわかっていりゃあ……」

「それがこの学園のシステムの欠点だな。お前らの試合相手は毎日顔を合わせている連中ばかり。お互いの手を知り尽くしているから対策も立てやすい。けど普通、試合ってのは相手のことを知らないことのほうが多いんだぜ。不意打ち？　結構じゃないか。何が悪い。負けたくないなら相手の虚を衝《つ》くのは当然だろ。そもそも卓球で相手の裏をかいたり、タイミングをずらすなんて、当たり前のことだろ。そんなの言い訳にすんなよ。公式戦なんてたいてい一回負けたらお終《しま》いだぞ。もう一度はないんだよ。わかったか？」

少し言いすぎかとも思ったが、こんな傲慢《ごうまん》なヤツはこれくらいでちょうどいいだろう。学園のルールだかなんだか知らないが、少し反省したほうがいいに決まっている。

「くそがぁ……あれで負けだなんて、納得できるかよ……」

案《あん》の定《じょう》茨木は顔を真っ赤にさせ、額に血管を浮き上がらせて、醜《みにく》く顔を歪《ゆが》めている。

あまり反省の色が見られないな。もう少し相手をして完膚《かんぷ》なきまでに懲《こ》らしめてやろうか。

などと考えていると、気勢を削《そ》ぐように服の裾が引っ張られた。

まったく、俺の考えを見透《みす》かしたようなタイミングだ。

「ショウちゃん、行こ」

「……わかってるよ。つーことで、お前は今後俺たちの練習の邪魔すんなよ。俺より弱いんだからさ」

心配そうな表情の幼馴染《おさななじみ》に急《せ》かされる中、これだけは言ってやった。

さて、中等部のランキング八位とやらの実力も大体わかったし、これ以上こいつの相手をしたところで時間の無駄だろうし、それに、そろそろ……。

「てめぇ、待ちやがれ！　逃げる気か！」

喚《わめ》き声が背中にぶつかるが、気にせずこの場を立ち去ろうとした、そのときだった。

「――騒々しいわね」

ゾクリ、と背筋が凍りついた。

よく通る、それでいて冷たい声音《こわね》だった。周囲の温度が急激に下がる。

「…………っ！」

声のしたほうへ振り返り、そして言葉を失ってしまった。

そこには一人の女子生徒が立っていた。透き通るような真っ白い肌。華奢《きやしや》な顎《あご》は繊細なラインで描かれており、小さな鼻の上には眼鏡《めがね》がのっかっている。さらには美しい長い黒髪。まるで人形のようだ。思わず見惚《みと》れてしまうほどのすごい美人だった。

けれど数秒その顔を見て、我に返る。美人だが、とても冷たい。彼女からは人が持つ温かみのようなものがまるで感じられなかった。本当に人形のように、彼女の表情はピクリとも動かないのだ。

いや、そんなことよりも……。

「まじかよ……『氷結《ひょうけつ》の瑠璃姫《るりひめ》』じゃねぇか」

「ああ……間違いない。あの冷酷無慈悲の姫……」

「卓球に魂を売った女……どうしてこんなところに」

周囲のギャラリーたちがざわめきだす。

彼女が歩を進めるたびに人垣が割れ、彼女のために道ができる。

「なっ！　なんで白鳳院《はくほういん》がここに……」

目の前まで歩いてきた彼女を見て、茨木《ばらき》は明らかに狼狽《ろうばい》していた。

「こっちの練習場が盛り上がっていたみたいだから、ちょっと中を覗《のぞ》いていたのだけれど。面白いものが見れたわ」

「いっ、今のはたまたまで、俺はまだ負けたわけじゃ……」

「負け犬は黙っていなさい。それとも、恥の上塗りがご所望《しょもう》かしら？」

「くっ………」

驚いたことにその絶対零度《れいど》の視線は茨木をさえも黙らせた。蛇《へび》に睨《にら》まれた蛙《かえる》の如《ごと》く、茨木がその巨体を縮こまらせている。

「志乃《しの》、あいつは何者だ？」

「え……ああ、彼女は白鳳院瑠璃《るり》。あたしたちと同じ高校一年。けど、あたしたちの練習場には滅多《めった》に顔を出さないのに……」

「強いのか？」

「強いなんてもんじゃないよ。卓越《たくえつ》学園史上初、女子で中等部ランキング一位にいたんだよ。中等部では誰も彼女に勝てないから、彼女は海外を転戦していることが多かったの。戻ってきているとは聞いていたけど……なんでこんなところに……」

「男子でも勝てないのか？　この学園の生徒が？」

コクリと志乃が小さく頷《うなず》く。

嘘《うそ》だろ。仮にも全国から集められた卓球エリートたちだ。それが女子相手に一人も勝てないなどという話があるのか？

「卓越学園だと中等部の生徒はたいていエスカレーター方式でそのまま高等部に上がるの。けれど毎年必ず他の高校を受験する生徒もいる。なんでだか、わかる？」

唐突に志乃はそんなことを聞いてきた。

なんでって聞かれても。そりゃあ……。

真っ先に思いついたことを口にしてみる。

「何かの理由で卓球ができなくなったんだろ。怪我《けが》とか家庭の事情とか」

「それもあるけど、一番の理由は卓球を続けていく自信を無くしたからよ」

ああ、それもあるか。

卓越《たくえつ》学園という卓球エリートばかりが集まる場所では、それまでは秀才だった人間も途端に凡才になってしまう。自分よりも上がいることを思い知らされ、おそらく心が折れてしまったのだ。まったく、この学園に入学を決意するときにその可能性を考えなかったのだろうか。

自信を無くしたからやめるなど……連中に本当に必要だったのは自信じゃない。ただ覚悟が足りなかっただけだ。

「………そんな理由でやめる連中のことなんか、知るかよ」

「意外と冷たいんだね……」

「自分の意志でやめたんだろ。なんで優しくする必要がある？　自信を無くしたからやめるとか、そんな連中はどうせ長くはもたないよ」

「そうかもしれないけど……」

自分にはもう無理だって、自分の限界を決めつけてるんだろ。綺麗事《きれいごと》かもしれないが、諦めずに続けていればいつか越えられるかもしれない。そう思うことが大事じゃないのか。

連中は知らないんだ……卓球ができるという、ただそれだけの単純なことが、どれだけ素晴らしいことかを……。

「そんなことよりその話、続きがあるんだろ」

あらためて、先を促す。

「ええ……今年、他の高校に行った人間のほとんどは、彼女に自信を打ち砕かれたのよ。彼女と試合をした日を最後に二度とラケットを握らなかった人もいるわ。あまりにも冷酷で無慈悲な卓球……そして彼女は『氷結《ひょうけつ》の瑠璃《るり》姫《ひめ》』と呼ばれるようになった」

「この学園の怪談にでもなりそうな話だな」

「笑えないって。でもそれほどに、あたしたちとは次元が違うの」

「ほう」

近づいてきた白鳳院《はくほういん》を目の当《ま》たりにし、志乃《しの》の言葉が嘘《うそ》ではないと確信する。

彼女が身にまとった独特の空気。滲《にじ》み出る威圧感。間違いなく強者のソレだ。同い年、しかも女子でこれほどのヤツがいるのか。

さきほど茨木《ばらき》と対戦して、正直中等部のランキング一桁《ひとけた》があの程度かと拍子抜けしていたのだが、さすがは卓越学園。上には上がいるらしい。

白鳳院がゆっくりとこちらを向いて、俺と目が合った。

「…………」

「…………」

彼女は何も喋《しゃべ》らない。ただじっと、きらりと光る銀縁《ぎんぶち》の眼鏡《めがね》の下から、透徹《とうてつ》とした鋭い眼差しを向けてくる。

「お前……白鳳院だっけ？　少し俺と打っていかないか？」

「ちょっと、ショウちゃん！」

俺の提案に、すかさず椿《つばき》が声を張り上げた。

まあこいつは絶対反対するだろうと思っていたよ。だが、反対の声は一つではなかった。

「ちょっと、女子だと思って舐《な》めてるなら、やめておいたほうがいいよ。さっきも言ったけど中等部の男子は誰一人として彼女に勝てなかったんだから。彼女本当に強いし、相手が誰であろうと容赦《ようしゃ》しないよ」

そいつは面白い。全力でやってくれるなら、そのほうがありがたいくらいだ。

「志乃《しの》っちの言うとおりだ。やめておけ。アイツ、なんかやばそうだ……」

ただならぬ気配を感じているのか、沙月《さつき》も表情を強張《こわば》らせている。

「ショウちゃん、やっぱりやめておいたほうがいいよ。強い人なんでしょ……試合が長引いたら……」

そして、不安げな表情で俺の手を引く椿。

心配してくれるのはありがたいが、引く気はない。

目の前に昨年まで卓越《たくえつ》学園の中等部ランキング一位だったという人間がいる。その実力がどれほどのものか見てみたい。いや、そんなことよりも……。

「あいつ……似てるんだ」

「え？」

一瞬呆けた後、椿の視線が高速で俺と白鳳院《はくほういん》を行き来する。

「あれ……でも、話に聞いていたのと全然違うカンジじゃ……」

以前から何度か椿には話したことがあるので、椿の頭の中にある程度イメージが出来上がっていたのだろう。そのイメージと白鳳院とのギャップに面食《めんく》らっているようだ。

いや、俺も同じ思いだ。はるか昔の記憶だが、俺の捜している女の子は、もっと明るく無邪気という印象だった。目の前にいる白鳳院とはまるで違う。

でも目とか鼻とかはどことなく似てる気がするんだよな。あの女の子が成長したらちょうどこんな風になっているんじゃないかと思えるくらいには……。

だから、確かめてみないと。

正直容姿なんかはうろ覚えだ。もう何年も前のことなので記憶も曖昧《あいまい》だし、むこうもあのまということはないだろう。

ただ今でも俺の頭に鮮明に焼きついているものが一つだけある。

「悪い、もう少しだけ。捜してたヤツかもしれないんだ」

まっすぐに椿を見つめる。

椿はしばらく押し黙っていたが、やがて諦めたように嘆息し手を離した。

「はあ……わかったよ。ショウちゃんそのことになると言うこと聞かないんだから。もう、なるべく早く終わらせてよね」

「りょーかい」

お目付け役の許可を得て、再び標的に視線を移す。

椿《つばき》とのやりとりの最中も、白鳳院《はくほういん》はずっと俺を見つめていた。

対峙《たいじ》しただけで肌がビリビリと震えるほどの、異様な圧迫感。相手の圧力に呑《の》み込まれまいと視線を逸《そ》らさず真っ向からぶつけると、目の前の空間がぐにゃりと歪《ゆが》んで見えるような錯覚に陥る。

ギャラリーたちが息を呑んで見守る中、彼女はゆっくりと口を開いた。

「さっき……私と打ちたいと聞こえたわ」

ひんやりと透き通った声。あの女の子とは口調も抑揚《よくよう》も全然違う。だが、もとより声で判断しようなどとは、露《つゆ》ほども思っていない。

「ああ、そう言った」

肯定すると彼女の瞳が鋭さを増した。

「あなた、何か勘違いをしていないかしら？　茨木《ばらき》に勝ったくらいで調子にのらないで」

少々ムッとした。別に調子にのってなどいない。なぜこのようなことを言われなければならないのか……。

誰かと打ちたいと思うことは、そんなにいけないことなのか？

中等部で敵無しだったからって、勘違いして調子にのっているのはそっちだろうが。

「そいつを調子にのせてたのはお前らだろ。中学のときにしっかりしつけとかないから。実力があろうがなかろうが、平気で他人の練習の邪魔していいわけがないだろ」

「そうね。けれど実力がなければいずれ卓球選手としてやっていけなくなるのは事実でしょう」

「だからその実力至上主義が気に食わないんだよ」

「ここはそういう場所よ。あなた、何しにこの学校へ来たの？」

「ちょいと人捜しにな」

「…………なによそれ。バカなの？」

「よく言われるよ。卓球バカだって」

「頭の中にピンポン球が詰まってるということ？」

「スカスカだって言いたいのか!?」

突っ込むと、彼女はフッと小さく笑みを零《こぼ》した。

もとが美人だからか、笑うとなかなか可愛《かわい》いものだ。

そう思ったのもつかの間、

「人捜しだとか、そういう浮《うわ》ついた気持ちの人がいると迷惑だわ。ここから出て行きなさい」

彼女はすぐに凍《い》てつく声音《こわね》で練習場の外を指差した。

ランキング上位のプライドか、この学園の校風のせいなのか、皆同じようなことを言う。

当然おとなしく言うことを聞くつもりはない。

「お前の言うことに従う理由が見当たらないな」

「なら強制的に追い出すしかないわね」

「へぇ、どうやって？」

「この学園での決闘方法は一つしかないわ。仕方ないから少しだけ相手をしてあげる。それで自分の実力がどの程度か、身を以って知りなさい」

スッと眼鏡《めがね》を外した彼女は脇に抱えたケースから、ラケットを取り出した。

望みどおりの展開だ。彼女と打ち合えることになり、思わず笑みが零《こぼ》れてしまう。

「いいぜ。俺が勝ったら、俺の人捜しに協力してもらう」

「私が勝ったら、私の言うことを聞きなさい」

ざわめきが波紋《はもん》のように広がっていく。いつの間にかギャラリーが先ほどとは比べ物にならないほど膨《ふく》れ上がっていた。

眼鏡を外して長い髪を一つに結《ゆ》わえる、おそらくこれが彼女の戦闘モード。スイッチの入った白鳳院《はくほういん》は威圧感が増し、身の毛もよだつほどの鋭い視線をぶつけてくる。

その姿は正直俺の捜している女の子とは似ても似つかない。

それでも打ち合えば、すぐにわかるはずだ。

忘れたくても忘れられない。今もはっきり覚えている。俺を負かしたあの卓球は、今も脳裏《のうり》にこびりついて離れないのだから。

×　×　×

小学四年生の夏。

「ふぁ、だる……」

重い瞼《まぶた》を擦《こす》りながら、我が家に隣接する卓球場の掃除《そうじ》を始める。夏休み中は毎日朝食前に卓球場の掃除をするのが俺の日課だった。

卓球好きの父は大学生まではそこそこ有名な卓球選手だったらしい。ただそこそこで通じるほど卓球の世界も甘くはなく、卒業後は普通に中小企業に就職。ただ卓球への未練は捨てられず、サラリーマンをやる傍《かたわ》ら平日は夕方から、土日祝日は一日中、誰でも格安で利用できる卓球場なんてものを開いている。

夏休みに限り平日は午前中も開けるのだが、父は会社があるので夕方になるまで帰ってこない。だから実質平日の午前中なんてのは、近所の小学生の遊び場でしかなく店番をする俺にとってはひどく退屈な時間だった。これが休日なら午前中でも大学生やら社会人やら、たまに父の知人の元トップ選手なんかも訪れて、つまらない店番にも楽しみがあるのに……。

「……おっ、いいものあるじゃん」

掃除をしている最中見つけたのは、おそらく昨日届いたであろう新品の箱。開けてみれば予想通り、ピカピカのピンポン球が綺麗《きれい》に整列していた。

一球くらいバレないだろうと、ラケットを握り打ってみる。

コンッと乾いた音が室内に響く。

やっぱり新品はいい音だ。

「この音の違いがわかる小学生は俺くらいだろうな」

などと呟《つぶや》きながら、一度きりで音が返ってこないことに寂しさを感じつつ、床に落ちた球を拾おうとしたところで、気がついた。

入り口に一人の少女が佇《たたず》んでいた。

パッチリとした丸い瞳に透き通ったミルク色の頬《ほお》。肩の辺りまでしかない短い黒髪は活発な印象だが、滑《なめ》らかなフリルのついたスカートが可憐《かれん》さも醸《かも》し出している。まるで絵本の中から出てきたような美少女だった。

目が合うと、彼女はニッコリ微笑《ほほえ》み手を振った。

「ハオハオ〜」

顔が熱くなり、思わず目を逸《そ》らしてしまう。

「……まだ準備中だよ」

「ここはなんのお店?」

「卓球やるところだよ」

「……卓球?」

彼女は小首を傾《かし》げていたが、俺の手にしたラケットとボールを見てパアッと目を輝かせると、

「ピンポンね！　あなた、ピンポンできるの？」

「まあな」

「じゃあ、あたしと一緒にピンポンしよっ！」

屈託《くったく》のない笑顔を向けてくる。

「わっ、わりぃけど、女とは打たない主義なんだ。腕が鈍っちまう」

なに言ってんだ。そんな主義を掲げているなんて、言った俺でさえ初めて聞いたぞ。

本当は打ちたくて仕方ない。唯一胸をはれる特技、俺の卓球の技術を見せつけたい。ただ恥ずかしくて「いいよ。一緒にやろう」その一言が出てこなかった。

このまま背を向けて行ってしまうんじゃないか、と後悔していると、

「いいじゃない。ちょっとだけ、ちょっとだけでいいから」

彼女は強引に俺の手を引き、卓球台へと連れて行った。

「ちょっ、ちょっとだけだぞ、泣いても知らないぞ」

「やったぁ！」

彼女は飛び上がって喜んだ。

飛び上がりたいのは俺のほうだった。

彼女の満面の笑み。それは夏の太陽なんかよりもずっと眩《まぶ》しい。

このときはそう思っていた。

白い軌跡《きせき》を描きながら、打球が高速で行き交う。

ラケットを振るたびに額から流れ落ちてくる汗が鬱陶《うっとう》しい。

風に弱いこの球技は当然閉め切った室内で行う。エアコンの風さえ嫌う人もいるほどだ。しかしさすがにそれでは夏は蒸し風呂のようになってしまうので、この卓球場では普段は弱めの冷房をつけている。ただ今日はまだ早朝ということもあってつけるのを忘れていた。そのことを悔やむような事態になるなど、思ってもみなかった。

それにしたって、なんだこの汗の量は……。

小学生相手に負けたことはない。中学生が出る大会で優勝したことだってある。それなのに……同じ小学生と思われる、それも女子相手に押されていた。

手加減しているつもりはない。むしろ凄《すご》いところを見せようと、最初から全力で打ったのに彼女はそれを返してきたのだ。

彼女の卓球はコースは甘いし、考えて緩急《かんきゅう》をつけているようにも見えない。ただ来た球を打ち返しているだけだ。それだけならば近所の小学生と大差ないように見える。

それなのに、彼女の打球は生き生きと跳ね、嬉々《きき》として曲がる。まるで打たれた球が意思を持ったかのように躍動するのだ。

くそっ……打球が読めない。

かろうじてラケットに当てるが、ボールはあらぬ方向へと跳んでいってしまった。

「やったぁ、あたしの勝ち！」

彼女は「いえーい！」と俺に向かってピースを作った。

なんだ……この屈辱《くつじょく》的光景は……。

周りの友達が遊んでいる間も店番と練習の日々。ひたすら卓球に打ち込んでいた俺が、同年代の、それも女子相手に負けた。

もはや彼女の可愛《かわい》さなんてどこかへ吹き飛んでしまった。ただ……悔しかった。

「……ちょっと待った。もう一回、もう一回だ」

再戦を申し込むと、初めて彼女が顔を曇らせた。

「でも、もう時間だから………あっ、じゃあ明日も同じ時間に来るよ」

「……わかった、待ってる」

「うん、また明日ね」

彼女が手を挙げたので、俺も片手を挙げてそれに応える。てっきりバイバイと手を振るのかと思ったが、彼女は嬉しそうに跳び上がってパァンと俺の手を叩いて去っていった。

彼女の笑顔は眩《まぶ》しく、そして憎らしかった。今度は俺が勝って、悔しげな顔をさせてみせる。

そう心に決めたのだ。

それからは、あっという間に日々が過ぎていった。

彼女は約束どおり毎朝同じ時間に来て俺と打ち合った。そして俺が負けた。

彼女の打球を脳裏《のうり》に焼きつけ、彼女に勝つために練習をした。そして次の日に挑み、また敗れる。その繰り返しだった。

明日はどんな攻め方でいこう。

自分が勝てないほどの相手と毎日戦える。彼女に勝てたら、どんなに嬉しいか。それを考えてすごす日々は、悔しいが充実したものだった。

しかしそんな日々は唐突に終わりを告げた。

「ごめんね。あたし、明日この街を離れるの。だからもうここには来れないんだ」

八月下旬、彼女はいつも通りの時間に来るなりそう言った。

なんだよ……それ。

彼女が言うには親の仕事の都合で、引越しはよくあることらしい。

子どもの自分にはどうしようもないこと。ここで彼女に何を言ったたって、引越しがなくなるわけでもないだろう。それがわかって、おとなしくいつも通りに台を挟んで向かい合う。

それでも何か言いたくて、声を振り絞った。

「最後だからって、手加減したら承知しねぇぞ……そうだ。勝ったほうが負けたほうに何でも命令できるってのはどうだ?」

「いいの？　いっつも負けてるのはそっちだよ」

「うるせぇ。俺は追い込まれてから力を発揮するタイプなんだよ」

「じゃあ、それでいこうか」

約束どおり彼女は手加減しなかった。むしろ打球はいつもより躍動していた。まるで最後の時間をめいっぱい楽しむかのように。

そしてやはり、俺が負けた。

「あたしの勝ちだね。命令は、えーっとねぇ……じゃあ女の子にはもう少し優しくすることを命じます」

「ずるいぞっ！　このまま勝ち逃げするのか！」

「ええっ、ずるくないよ。やる前に今日で最後って言ったよ。あっ、じゃあこういうのはどう？　さっきの命令だけど、期限は次にあたしと勝負して勝つまでっていうのは？」

「……わかった」

「またピンポンしようね」

「ああ、それまで俺は誰にも負けない。スゲェ技とか編み出して、そんで次会ったときは、絶対お前に勝ってやる」

「うん、待ってるね」

いつものように手を挙げると彼女は思い切り俺の手を叩いて、夏の日差しの中に溶けていった。本当に絵本の中から出てきたような、現実感のない女の子だった。ただ掌《てのひら》に残った感触だけが、彼女がそこにいたことを教えてくれた。

×　×　×

こちらに見えるように手の平にボールをのせ、白鳳院《はくほういん》がサーブの姿勢をとった。

ただそれだけなのに、空気が重くなる。

雰囲気に呑《の》まれるな……いつも通り、俺にできる卓球をやるだけだ。一度肩を上げ下げして太く息を吐き出す。

彼女はゆっくりとモーションに入ると、公式の規定どおりに卓球台から十六センチ以上の高さにトスを上げた。

この瞬間に集中力を高め、神経を研《と》ぎ澄《す》ます。

相手のサーブに対する反応。たった一打に俺の戦型は大きく左右される。

俺の戦型はどんどん前に出て相手にペースを掴《つか》ませない前陣速攻《ぜんじんそっこう》型だ。ただ俺のはその辺の前陣速攻とはわけが違う。

ボールが落ちてくるのがやけにゆっくり感じられ、

「……いくぜ、前陣速攻『前衛の猟犬《フロント・ドッグ》』」

白鳳院がサーブを打つと同時にすかさず前に出た。

「まただ！　台に覆いかぶさるような超前陣速攻！」

「あんなに台にくっついて、よく反応できるな」

「ああ、相手に強打されたらお終《しま》いだろうに」

卓球というスポーツではボールが相手に届くのにかかる時間は約〇・一秒。球威も速度も衰えない前陣で相手に強打されてしまえば、たしかに打ち返すのは難しいだろう。

そんなことはわかっている。だがな、強打する余裕なんて与えねぇよ。

もともと主導権をこちらが握り続けるための前陣速攻だ。このギリギリまで台に寄る極端な戦型『前衛の猟犬《フロント・ドッグ》』で、さっきの茨木《ばらき》にも一切強打は打たせなかった。

「へぇ、そうやって相手のリズムを崩すのね。悪くはないわ、けど……」

しかし……こちらが前に出てプレッシャーをかけているというのに、白鳳院は顔色一つ変えずに打ち返してくる。

こいつ……やっぱり強いな。

だが、そうやって余裕ぶっていられるのもどこまでか。俺の限界はこんなもんじゃない。この速度《ピッチ》についてくるのなら、もっと速度《ピッチ》を上げて押し切ってやるまでだ。

上体を傾けて、さらに前へ。ギアを一段上げようとした瞬間――。

「……え？」

白い軌跡《きせき》が俺の横を通り過ぎていった。

なんだ……今のは……。

あり得ないほど早いタイミングでの返球だった。まるで反応できなかった。

「出たっ！　『氷壁の反射《アイスドカウンター》』！」

「さすが氷結《ひょうけつ》の瑠璃姫《るりひめ》。編入相手だろうと容赦《ようしゃ》しねぇな！」

「可哀相《かわいそう》にな。いきなり心折られるんじゃねぇか」

……何かの技か？　いやそれよりも、今のは狙ってやったのか？　叩きつけるようなスマッシュの感じではなかった。それなのに、俺が反応できないほどの速さだった。

なんだか知らないが、狙ってやったのなら……もう一度見せてみろ。

再び打球が高速で行き交う。先ほどよりもさらに速いラリーにもかかわらず、白鳳院《はくほういん》はしっかりとついてくる。それならばトップギアまで上げてやろうかと、打ち込んだ刹那《せつな》――戦慄《せんりつ》が走った。

俺が打ち込むのと同時に白鳳院も大きく踏み込んだのだ。迫り来るボールが跳ねた直後、彼女の突き出したラケットがボールを捉え、まるで威力をそのまま反射するかのように、鋭くこちらのコートへ弾き返された。

「嘘《うそ》だろ……」

俺の前陣速攻《ぜんじんそっこう》『前衛の猟犬《フロント・ドッグ》』をただのブロックではなく、カウンターで返した。打球の勢いも威力も殺さず……しかも俺がギアをあげる瞬間を狙って……いや、もっとも驚くべきはそれら全てを実行するのに、わずか数球のラリーで俺の動きを見切ったことだ。一体どんな眼をしてやがる。

試合を優勢に進めていても彼女の表情は動かない。ただ冷たい瞳がじっとこちらを見つめていた。

その後も一方的な展開だった。

いくら前に出ても、緩急《かんきゅう》をつけて左右に揺さぶっても、白鳳院は難なく返してくる。それどころか逆にこちらが左右に揺さぶられた。速い、巧《うま》い……そして強い。去年の中等部のランキング一位。これほどとは……。

ただ、何よりも気になるのは……白鳳院の卓球には感情がまるでなかった。

どれほど速くても、どれだけ回転がかかっていようと、彼女の打球からは熱が感じられない。冷たい機械に打ち返されたような球だった。

溢《あふ》れる感情をボールにのせて打つあの女の子の卓球とは、まるで違う。やはり別人か。

それにしてもこいつ、さっきから……。

白鳳院が打ったボールがコートの左端に突き刺さる。打球は伸ばしたラケットの先を掠《かす》めていった。

「あなた、バックが弱すぎね。というか、バック側の守備範囲が狭すぎだわ。攻めの意識が強すぎて守備が穴だらけよ。その程度で私に挑もうなんて、笑わせないで」

やはり気づいていたか。やけに左側――バックハンド側ばかり打ってくるなと思ってたんだよ。

まあ、あれだけの眼を持っているなら、気づかないほうがおかしいか。

参ったな……今日まで磨いてきた俺の速攻は、あのカウンターであっさりと封じられた。

バックハンドの弱点も見破られている。

あれだけ必死こいて練習してきたのに、こいつにはまるで歯が立たないか……。

悔しさが熱となって身体《からだ》の中を駆け巡る。

「これで終わりよ」

クロスに返球されたボールは正確に俺のコートの左隅へ飛んでいく。

これを決められたら負けか……ほかの女子に負けたって言ったら、あの女の子はどんな顔をするかな？　約束破っただの、弱いままの嘘《うそ》つきだのと言われたりするのだろうか。

はあ……嘘つきは、嫌だな。

打球を目で追いながらそんなことを考えていると、身体の中で何かが弾けた。

ぐっと脚に力を込める。これ以上負けてはいられない。負けたくない。

「バックが弱いからって……反応できないわけじゃねぇんだよ！」

台の上を跳ねた打球に飛びつこうとするが……。

「ショウちゃん！　ダメ！」

わずかに届かず、ボールはラケットの向こうを通り過ぎていった。

てんてんと跳ねるボールを目で追うと、視線の先に椿《つばき》がいた。目が合うと椿がビクッと身体を震わせる。

「え、あ、その……ごめん。いきなり大声出して……」

「……いや、椿は悪くない……俺も熱くなってた」

敗北の実感とともに負けた悔しさが込み上げて、ボールを拾う手が震える。

敗者は勝者に見下ろされる、いつかと同じ光景。

ただあのときと違うのは、勝った相手がニコリともしないところだった。

「じゃあな……約束どおり俺は出て行くから……」

約束など関係なく、これ以上この場にいたくなかった。

出口へ足を向けると人垣が割れた。周囲で声を発する者はいない。哀《あわ》れみの視線が注がれる中、タオルで顔を覆いながらゆっくりと外に出た。

練習場の外に出て春の暖かい空気を吸い込むが、気分は最悪だった。

負けた……しかも女子相手に、間違いなく実力の差で……。

唇《くちびる》を噛《か》みしめていると、背後でトコトコと慌《あわ》てて追いかけてくる足音がした。振り返りはしない。どうせ誰かはわかりきっている。

「ショウちゃん……あの……」

「……わかってるって。クールダウンはしっかりやるから」

「そうじゃなくて、さっきの……」

「ああ……完全に俺の負けだな。あれで女子とか、とんだ化け物だ」

「だ、大丈夫だよ。男子高校生ってのは一番の伸び盛りなんだよ。これからいっぱい練習すれば、次やったら絶対ショウちゃんが勝つから！」

「……そうだな。次は勝つよ」

気を遣わせているのが十分に伝わってきて、ひどく情けない気分だった。

けれど、椿《つばき》の言うとおりだ。いつまでも落ち込んでるわけにはいかない。負けることは恥じゃない。負けて諦め、そこから起き上がらないことこそが恥だから。今日は負けたが、次やるときに勝てばいい。そのために、また一つずつ積み重ねていけばいい。

これまでもずっと、そうしてきたように……。

無理やりに顔を上げて、前を向く。椿に「もう大丈夫だ」と告げようとすると、

「それで、誰に勝つつもりかしら？」

突如《とつじょ》聞こえた冷たい声に、たまらず振り返った。

白鳳院瑠璃《はくほういんるり》が、そこにいた。透き通るような白い肌は試合後だというのに汗一つかいていな

い。その事実に、胸の底に沈みかけていた感情が再び込み上げてきて、肩が震えた。

「……負け犬に何の用だよ？」

彼女の瞳を睨《にら》みつけるのが、俺にできる精一杯の強がりだった。けれど彼女は涼しげな表情でゆっくりと口を開く。

「まだ約束を果たしてもらっていないわ」

「おとなしく練習場から出て行っただろうが」

「あなたが勝手に出て行ったのよ。私の言うことを聞いてもらう。そう言ったでしょ」

「じゃあ、俺にどうしてほしいんだよ」

さすがに学園を去れとまでは言われないだろうが……。彼女の纏《まと》う異様な雰囲気に楽観視はできないと脳が告げていた。鋭い眼光にゴクリと唾《つば》を呑《の》み込む。

じっとこちらを見つめていた白鳳院は、スッと伸ばした指を俺に突きつけ、

「私のパートナーになりなさい」

…………は？

「ついてきなさい」

こちらの意思も確認せずに彼女は踵《きびす》を返して歩き出す。それと同時に練習場からぞろぞろと人が出てくる気配がして、俺は黙って彼女についていくしかなかった。

第二章　パートナー

「椿《つばき》、頼む。誰か来る前にちゃちゃちゃっと済ませてくれ……」

「うん……わかってるよ、ショウちゃん……」

誰もいない静かな室内に二人きり。

俺は全身の力を抜いて、椿に身を委《ゆだ》ねていた。

「ショウちゃんのココ、固くなってる」

「仕方ないだろ……いいから早くどうにかしてくれ」

「わかってるって……ほら、いいよ。ゆっくり動かして」

「……ああ、気持ちいい……椿も上手《うま》くなったよな」

「へへっ、もうあたしなしじゃ生きていけないでしょ～」

ガラッ！

入り口のドアが開き、

「ちょっとあなたたち！　一体なにをやって……る……」

威勢《いせい》よく入ってきた白鳳院瑠璃《はくほういんるり》はこちらを見て、その勢いを失う。

部屋自体はそれほど大きくないが、中央には立派な卓球台がでんと三台も構えており、壁側にはズラリと筋トレ器具が並べられている。機械が自動でボールを打ち出してくれる高価な卓球マシーンなんてものまで置いてあった。

そんな充実したトレーニングルーム。空いているスペースに敷いたマットの上で、ストレッチのため仰向《あおむ》けに寝転んだ俺の脚を椿が伸ばしてくれていた。これがまた、気持ちいいんだ。

あのあと白鳳院についていくと校舎の中にあるこの部屋に通され、当の白鳳院は「着替えてくるわ」と俺たちを置いてどこかへ行ってしまった。

手持《ても》ち無沙汰《ぶさた》になった俺も、そもそも今日の練習は終わりにする予定だったので、椿にストレッチを手伝ってもらっていたところ、白鳳院が帰ってきたというわけだ。

「どうした？　顔が赤いぞ？」

やっと戻ってきたかと思ったらドアの前で立ち尽くす白鳳院。制服に着替えていて、その人形のような真っ白な肌に少しだけ赤みが差しており、

「くっ……ど、どうでもいいでしょ！」

スタスタとこちらに歩いてくる。

「おい、バカッ、今こっち来たら……」

白鳳院は制服姿だ。あお向けに寝転がった俺の体勢からだとスカートから覗《のぞ》く白い太ももが露《あら》わになっていて、さらにはその奥にある聖域までもが見えそうになり——視界が黒く染まった。

「ちょっとちょっと、いきなり何してるのさ！」

「あら、ごめんなさい。マットに靴で上がってしまったわ」

「そこじゃないでしょ！　なに踏んでるの！」

「なにって……あらヤダ。変なものを踏んでしまったわ」

「早くショウちゃんから足どけてよ！」

こいつ、平気で人の顔面を靴で踏みやがった。

喚《わめ》く椿《つばき》に俺も追随したいところだが、しかし足をどければきっとスカートの中が見えてしまうだろうし、どうすればいいのか。

黙考しているとスッと視界が明るくなった。

え、足どけるのか？　見てもいいのか？　いや、見ちゃダメだろ、男として。でも普通男の顔面を踏んづけるか。男として、というより人として見られてないだろ。さっきも変なものとか言われたし。うん、俺は人として扱われていないんだ。人じゃないなら目を開けてもいいよな……。

考えた末にあっさりと人を捨て去り、目を開けると、スカートの中は……スパッツを穿《は》いていました。まあそんなもんだよな。

「そんな些末《さまつ》なことより……」

まるで俺が考えていたことを見透《みす》かしているかのような冷たい瞳で、白鳳院《はくほういん》が俺を見下ろす。

はい、スカートの中なんて些末なことです。ごめんなさい。心の中で謝罪を三回ほどしたところで、彼女の視線が俺からは微妙にズレていることに気がついた。

「聞いていいかしら？　それは何？」

見ていたのは俺の横に置いてある物のようだ。それは関節部を衝撃や冷えなどから守る、スポーツ選手がよく着けているサポーターである。

「なんだ、知らないのか？　これはサポーターって言うんだよ」

「知っているわよ。そうではなくて……それはかなり本格的に固定するタイプのものでしょ。どうしてそんなものをつけているの？　それだとかえって関節の可動域が制限されるでしょ」

たしかにこのサポーターは頑丈だけが取り柄《とりえ》の、伸縮性に乏しい物だ。彼女の指摘するようにこんなものをつけていては試合中は動きづらいだけだ。

彼女が戻ってきた瞬間、咄嗟《とっさ》に隠そうかと思ったが、一目でそれに気づくとは。

だからクールダウンやマッサージは人のいないところで手早く済ませたかったのに。もっともそれをいい加減に済ませることは椿が許さないだろうが……さて、どうしたものか。

「くだらない理由だぞ」

「くだらないかどうかは私が判断するわ。いいから言ってみなさい」

話したくない、というこちらの意図は無視。むしろ「聞いてやるから早く話せ」と言わんばかりの不遜《ふそん》な態度。まったく可愛気《かわいげ》のない女子だな。

「むかし……小学六年のときにふざけていて鉄棒から落ちた」

「……おちた？　どういう落ち方したらそんな大怪我《けが》になるのよ」

「ちょっとマヌケな落ち方をしてな……で、右膝《ひざ》をダメにした。おかげで中学時代はほとんどリハビリの毎日だった」

「ほんと……くだらないわね」

端的にありのままを話すと、白鳳院《はくほういん》は心底呆れたといった表情で呟《つぶや》いた。

「ちょっと、くだらないってなにゅが、むぎー！」

そのほんの微《かす》かな呟きに食ってかかろうとする椿《つばき》を制止する。こいつが喋《しゃべ》ると話が余計ややこしくなるからな。

「そもそもあなた一人を呼んだのだけれど、彼女は誰？」

「ん？　ああ、こいつは朝比奈《あさひな》椿。なんつーか、俺にくっついてくるオマケみたいなもんだ。気にしないでくれ」

「なにその言い方！　あたしは、ショウちゃんのトレーナー兼マッサーなんだから！」

そんなに声を張り上げなくてもわかってるよ。椿には十分感謝している。それにオマケってもらえるとちょっと嬉しいもんだろ？

「まあどうでもいいわ」

「あたし無視された!?」

「それで、右膝をダメにしたというのは、具体的にどの程度の怪我だったの？」

問われた俺はそっと膝に手を置き、愛《め》でるように優しく撫《な》でた。

「……前十字靭帯《ぜんじゅうじじんたい》断裂、それと半月板損傷《はんげつばんそんしょう》」

「かなりの重症ね。今の状態は？」

「普通に歩く分には問題ない。なんならダッシュもできる。ただ切り返しとか、激しい横の動きになると膝が悲鳴を上げるかも……」

「それでも卓球ができるだけよかったわね。靭帯は選手生命に関わるから」

「ああ、怪我をしてからは椿の親父さんによく世話になってた。ほんと感謝してるよ」

「父親？　トレーナーの朝比奈って、もしかして……あなたのお父様のお名前は、朝比奈匠《たくみ》ではなくて？」

わずかに眉《まゆ》を上げて、白鳳院は椿を見た。

「わおっ、お父さんのこと知ってるんだ？」

「この世界では知らない人のほうが珍しいわよ」

椿の父親、朝比奈匠は『選手を生き返らせる魔法使い』と評されるほどの有名なトレーナーである。主にスポーツ選手のマッサージや身体《からだ》のバランスを整える体幹トレーニングの指導などを行っており、彼の仕事のほとんどは「選手生命を絶たれた」と言われるほどの怪我をした選手を第一線に復帰させることだ。彼のおかげで再びトップレベルで戦えるようになった選手は数え切れない。テレビに出てくる何億円も稼ぐような一流選手が頭が上がらないほどの、スポーツ界では超がつくほどの有名人である。

彼は忙しく海外を飛び回っている人であり、あるとき一人娘の椿《つばき》は祖父の家に預けられることになる。それがたまたま俺の家の近所で、転校してきたばかりの椿と仲良くしていたこともあり、帰国のたびに膝《ひざ》の具合を椿の親父さんに診《み》てもらうことができたのだ。

「ショウちゃんはね、一年以上も松葉杖《まつばづえ》の生活だったんだから。それでもリハビリ頑張って卓《たく》越《えつ》学園の入学試験に合格できるまでになったんだから、凄《すご》いでしょ！」

「…………それが？」

自慢げに言う椿を見る白鳳院《はくほういん》の視線が、氷点下まで冷たくなった。

「頑張ってそこそこ卓球できるようになりました。それでお涙頂戴《ちょうだい》ってわけ？　ここは卓球で高みを目指すための場所よ。同情がほしいのなら余所《よそ》へ行きなさい」

「うにゃぁぁ！」

奇声を上げて飛びかかろうとする椿を慌《あわ》てて押さえる。

「ショウちゃん止めないで！　もうアッタマきたよ。あの女の膝を逆に曲げてやるんだから！」

「物騒なこと言うな。とりあえず落ち着け」

腕の中で椿は「ぐぎぎぎ」と怒った獣のような視線で白鳳院を睨《にら》んでいたが、俺は別にそこまで気にしていない。

冷たい言い方だが、彼女の言うとおりなのだ。この学園はトップ選手を目指すための場所。なんでもランキングで相手を従わせるような極端な実力至上主義は気に食わないが、ここを卒業した先ではさらに厳しい競争の世界が待っているのだ。そこでは過去の怪我《けが》やそれを克服したことなどまるで関係ない。

だから白鳳院の言うことは正しい。それに彼女の態度は変に気を遣われるよりずっとマシだと思った。

それでも椿は文句を言いたそうにしているので、適当に話題を逸《そ》らしておく。

「親父さんは何か言ってたか？」

「この間電話したらねー、早く孫の顔が見たいって言ってたよ」

「そうじゃない。この膝のことだ」

「うーん、特に何も言ってなかったよ。今までと同じで、様子見ながら頑張れって」

「……そうか」

いまだに椿は恨めしそうに睨んでいたが、白鳳院は意にも介さず俺のことを、壊れかけた膝をじっと見つめる。

「……怪我をしてからだいぶ経つのでしょ？　今の状態からさらに良くなる見込みは？」

「あるみたいだぞ。同じような怪我から完全に元通りに治った例もあるらしい」

「まだまだ先は長いけどねぇ。とにかくショウちゃんにはサポーターとかテーピングで、少しでも膝《ひざ》を労《いたわ》るようにしてもらってるの。それから膝に極度の負荷がかかるプレーはあたしが禁止してるから。長時間のプレーもなるべく禁止。フォアの後のバックに弱いことも仕方ないことなんだよ。無理に拾おうとすれば膝に負担がかかるから」

「そのための極端な前陣速攻《ぜんじんそっこう》なのね。短期勝負に持ち込むことで弱点も悟《さと》らせない。たしかにあの戦型は初見の相手は戸惑うでしょうね」

最初はそこまで考えていなかった。ただ膝に負担をかけないプレーを心がけたら、自然と前陣速攻になってしまっただけだ。そして今の俺には相手の出方を窺《うかが》うような余裕はない。それならいっそ思いっきり前に出て相手のリズムを崩すのが最善だという結論に至った。

「そんなことより俺からも聞いていいか？　パートナーってどういうことだ？」

ようやく本題に入ることができた。俺の膝の話などどうでもいい。それでも腕を組んだ白鳳《はくほう》院《いん》に「ああ、そうだったわね。あなたのくだらない膝の話なんかどうでもいいわ。無駄な時間を食ってしまったじゃない」などとぼやかれると、さすがにイラッとしたが。

お前が聞いてきたんだろうが。変に気を遣われないのはありがたいが、そこまで言われると腹立たしい。俺が押さえつけている椿《つばき》の拘束《こうそく》を、いっそ解き放ってやろうかと思ったが、また話が進まなくなりそうだから今は我慢する。

そんなこちらの自制を知ってか知らずか（相変わらず椿からは敵意むき出しで睨《にら》まれたままだが）白鳳院は涼しい顔で言った。

「あなたは私のパートナーになりなさい」

「だからそのパートナーってのは……」

「パートナーとは共同で作業をする人のことよ」

「いや、言葉の意味が知りたいんじゃなくてだな……」

「大勢が見ている前で、ケーキにナイフを入れるのを手伝えとは言わないわ」

「わかってるよ！」

誰がそんな勘違いをするか。

「いきなりパートナーになれとか言われて、ハイわかりました。なんて言うわけないだろ」

「そうなの？　私がこんなに頼んでいるというのに、断るというの？」

「意外そうな顔をするな！　全然頼んでないだろ！」

アレで頼んでいるつもりだったのか？　命令しているの間違いじゃないのか。

仕方ない。面倒だが順番に一つずつ聞いていこう。

「まずはどうしてここに連れてきた？　さっきの練習場は人が多くて場所を変えたってのはわかる。けど、このトレーニングルームだって誰か使いにくるんじゃないのか？」

「来ないわよ。ここは私専用の練習場だから」

「え、なに？　この部屋の設備全部、白鳳院が一人で使ってるのか？」

「そうよ」

当然でしょ。といった表情で彼女は肯定する。

部屋の壁側にズラリと並んだ筋トレ器具、それに自動でボールを打ち出す卓球マシーンはどれも数十万円はするはずなのだが……。これらが全て白鳳院《はくほういん》専用とか、さすが実力主義の卓《たく》越《えつ》学園。中等部のランキング一位様は優遇されているな。

「……ボールとか全部スリースターじゃん」

「え？　ボールってそれ以外になにかあるの？　ああ、もしかして他のメーカーのってこと？　だったら私はバタフライが好みだけれど、この学園だとニッタクのボールが採用されているみたいね。日本製だからかしら？」

「そうじゃなくて……お前、スリースターが割れたときの絶望感とか知らねぇの？」

「なによそれ。知らないわよ」

「このブルジョワめ！」

試合で負けたときと同じくらいの悔しさだ。これが格差社会か……。

スリースターのボールは国際大会でも使用されるほどで、他のボールとなにが違うかと聞かれれば、値段が高いのだ。いやまあ実際には打ったときの感触とか均一な厚さだとか硬さだとか色々あるんだろうけど、俺らからすればやっぱり一番の違いは値段だ。普通のボールの三倍もするんだよ……。

まったく、スリースターしか知らずに育ったとかどんな温室育ちだよ。

「それで、さっき見たと思うけど、共用の練習場は人が多いでしょ。私のパートナーになるなら、この部屋を自由に使っていいわ」

「たしかにこれだけの設備が自由に使えるうえ、人の目を気にしなくていいというのはありがたいが、結局そのパートナーってのは、何をするためのパートナーなんだ？」

この部屋を俺に使わせることで、白鳳院にどんなメリットがあるというのか。

真っ先に思いつくのは、白鳳院の練習パートナーになれということ。

自動でボールを打ち出してくれる卓球マシーンもあるが、一人じゃまともにラリーの練習もできないし、きちんと回転のかかった生きたボールはやはり人に出してもらったほうがいい。

それともパートナーとは名ばかりの姫の奴隷《どれい》にでもなれというのだろうか。練習で疲れた白鳳院を癒《いや》すため、彼女の好きなときに顔面を踏まれる役割とか……そんなのは真っ平《まっぴら》ごめんだ。

「何か、失礼なことを考えていない？」

「……考えて、ない……」

こいつ……まさか心が読めるのか？

そういえば、さっきも「スカートの中が見える」と俺が言う前に顔面を踏まれたし。もしかしたら表情に出ていたか？　いや、顔面踏まれたい表情をしていた、とかそういうのじゃなくて……。気のせいか、こちらを見る白鳳院の視線が冷たくなった気がする。

本当に心が読めるのかどうかは定かではないが、彼女は小さく嘆息し先を続けた。

「毎年この時期、新入生代表と上級生代表によるエキシビションマッチが行われることは知っている?」

「ああ、なんか行事予定にそんなことが書いてあったな。代表二名による男女混合ダブルスだとか」

「そのエキシビションマッチに私のパートナーとして出なさい」

「つまりダブルスのパートナーになれ、ってことか。けど意味がわからないな。卓越《たくえつ》学園なら他にも上手《うま》い生徒はたくさんいるんだろ。どうして俺なんだ? バックが弱すぎて話にならないんじゃなかったのか?」

「そんなものは練習でいくらでも克服できるわ。まあその膝《ひざ》じゃあ、怪しいけど……。それよりも気に入ったのはあなたのその反応速度。何度か完全に逆を突いたのに反応はしてたでしょ。膝を気にして打ち返せなかったみたいだけど。それに全体的な技術は悪くないわ。しっかりとした基礎が身についている証拠ね」

「ふ、ふ〜ん。なによ、なかなかわかってるじゃん」

おい椿《つばき》、どうしてお前が照れる。まあ椿の考えた練習メニューで、基礎はリハビリしながらもみっちりやってたからな。

それにしても、あの数球のラリーでそこまで見てたか。膝を気にして打ち返せなかったことまで……。やはりとんでもない眼を持っているようだ。

感心すると同時に再び腹が立ってくる。白鳳院《はくほういん》にではなく自分にだ。たしかに彼女の眼はたいしたものだが、こちらをじっくり見ていたということは、それだけ余裕があったということだ。

膝の状態など言い訳できない。まだ万全ではないが普通にプレーする分には問題ないと思ったから、この学園へ入学したのだ。それがたった一日で、弱点を見破られて一蹴《いっしゅう》されてしまったのだ。

どうやら考えが甘かった。

この時点で捜していたあの女の子に出会わなかったことは、逆に良かったかもしれない。この調子では会ったところで借りを返すどころか、返り討ちに遭《あ》いそうだからな。

「それで俺に何をしろと？」

「試合に勝つの。それだけよ」

「ただのエキシビションマッチだろ？　ムキになる必要があるのか？」

淡々《たんたん》とした口調とは裏腹に、白鳳院には何か固執《こしつ》しているものがあるように見える。今日初めて会ったのに、どうしてそんなことがわかるのか。それは似たような感覚を、俺も持っているからだ。

白鳳院はしばらく逡巡《しゅんじゅん》した後、諦めたように嘆息した。

「私にはね、二つ上の姉がいるの。この学園の三年生よ。女子にして校内ランキング二位。名実ともにこの学園のクイーンね。私は幼い頃から一緒に卓球をしてきたけど、一度だって姉さんに勝てたことがない」

「一度もか？」

「一度もよ」

負けたから言うわけではないが、白鳳院《はくほういん》のレベルは相当に高い。中等部で男子すら圧倒したというのも頷《うなず》けるほどに。そんな彼女が一度も勝てないとは……。

「姉さんに勝ちたい。たとえそれがダブルスだとしても……とにかく勝ちたい。ただそれだけの理由よ」

先ほどまでと同じ淡々《たんたん》とした口調だが、少し語気が強まっている。それだけ強い思いがあるのだろう。

「ふーん、悪くないな」

卓球でどうしても負かしたい相手がいる。その気持ちは俺も十分わかるから。

氷結《ひょうけつ》の瑠璃《るり》姫《ひめ》などと呼ばれる孤高の存在。冷たい機械のような卓球をするからどんなやつかと思えば、勝つためになりふり構わず他人の力すら借りたいなんて、なかなか人間味のあるやつじゃないか。口は悪いが。

「え？　ショウちゃん、この子に協力する気？」

「いつも言ってるだろ？　女の子には優しくだ」

「そんなこと言って、困ってるからって誰かれ構わず助けていたらキリがないじゃん。これからはダブルスの練習もしていくってことでしょ。そんなのに時間とられて……例の女の子に借りを返す、ってのはどうするの？」

「ダブルスの練習が全くの無意味ってわけじゃないだろ。それになんだか真面目《まじめ》な頼みみたいだし。力になれるなら、協力してやりたいだろ。例の女の子は、まあゆっくり捜していけばいいさ」

「……まったく、お人好しなんだから」

ハアと大きく息を吐く椿《つばき》。

悪いな、いつも協力してもらっているのに遠回りするような真似をして。けど白鳳院ってなんか放《ほう》っておけないんだよ。この感じだと他に頼れる人間もいなさそうだし。

それにあの女の子を見つけるのに、一概に遠回りとも思えないんだよな……。

「話は終わったかしら？」

「なによ。ちょっと美人だからって調子にのらないで。ショウちゃんは相手が可愛《かわい》いとかそういうの関係ないから、女の子なら誰でも優しくするんだから！」

「おい、その言い方だと男には優しくないし、俺が女子なら誰でもいいみたいになるぞ」

「しょ、ショウちゃんは、男の子にも優しくするんだから！」

言い直させたはずなのに、なんだか気持ち悪いやつになってしまった。

「盛り上がっているところ悪いけれど、まだ正式に私とダブルス組むとは決まってないわよ」

「何だって？」

「エキシビションマッチに向けて新入生の代表を決める選抜戦があるから、そこで男子の中で優勝すれば私とダブルスを組むことになるわ」

それも当然か。編入してきた俺がいきなり新入生代表とかいわれても、他の連中が納得しないだろうし。

「けどそれなら、ダブルスの相手が決まってから練習すればいいんじゃないのか？」

「ダブルスは戦術理解と互いの呼吸を合わせることが重要よ。練習時間は多いに越したことはないわ。あなたが男子の代表になれなければ、その全てが無駄になるのだけれど……私に無駄な時間をすごさせる気？」

「言ってくれるな」

もとより俺だって負ける気はない。と、そこで疑問が浮かんだ。

「女子はその代表を決める選抜戦ってのはないのか？」

「あるわよ。けど勝つのは私だから」

キッパリと、言い切りやがった。

たいした自信だ。中等部で男子も含めてランキング一位って言ってたもんな。虚勢を張っているわけではないのだろう。

だからこそ、この話を受けたのだ。

男子を圧倒するほどの実力、それにあの女の子によく似た容姿。白鳳院《はくほういん》があの女の子と無関係とは考えにくい。

「ところで白鳳院って……」

「瑠璃《るり》でいいわ。学園内では苗字《みようじ》だと、姉と混同されるから」

即座に言い直された。姉をライバル視していることといい、間違われるのを極端に嫌っているのかもしれない。まあその辺を深く詮索《せんさく》するのはマナー違反だろう。それに俺にとってはそちらの事情はどうでもいいのだ。俺が知りたいのは唯一つ。

「じゃあ……瑠璃、に聞きたいことがあるんだけど」

そのときだった。再び入り口のドアが勢いよく開かれた。

「ハオハオー、瑠璃ちゃん元気ぃ？　おやおや～？」

快活な声を上げニコニコと入ってきたかと思うと、こちらに気づいた途端、長いまつげがのった瞳を丸くさせる一人の女子。

その容姿に目を疑った。

背は低いが瑠璃によく似た顔立ち。だが瑠璃と違い、全身から明るいオーラが滲《にじ》み出ている。クルクルと変わる表情。パッチリと開いた瞳。ミルク色の頬《ほお》。活発な印象を与える短めの黒髪。その姿は忘れもしない……。

「……見つけた」

思わず声が漏《も》れる。

やはり、この学園にいたか。

「ショウちゃん？　どうしたの？」

椿《つばき》の声も聞こえない。気がつけば、俺の脚は動いていた。

「久しぶりだな……ようやく会えた」

目の前に立つと見下ろす形になる。それだけ俺が成長したのか、彼女がそれほど変わっていないだけなのか。実際目の前の彼女は、見た目も身長もあの頃とほとんど変わっていなかった。

彼女はゆっくりと俺の身体《からだ》を足の先から頭のてっぺんまで眺め、

「……ごめん、誰だっけ？」

無邪気に小首を傾ける。

「なっ……」

言葉を失った。

覚えていない。忘れられていた。

それほどに、俺の存在は彼女にとってちっぽけなものだったのか。

「姉さん……どうしてここに？」

「その言い方はないでしょ。瑠璃《るり》ちゃんが変な男を連れ込んでるって聞いたから、お姉ちゃん

として様子を見にきたんだよ」

やはり瑠璃《るり》が勝てないと言っていた姉こそが、俺の捜していた人物だった。こうして並んで見ると二人は髪型や雰囲気はまるで違うが、目鼻立ちはそっくりだ。

あの女の子に似ていてあれほど卓球が強いのだ。瑠璃はあの女の子と何か関係があるのではないか、という俺の読みは当たったわけだが、まさか忘れられているとは……。

「……俺と、打て……忘れたのなら思い出させてやる！」

自然と声に力がこもる。

自分がこだわっていた、追い求めた相手は自分のことをなんとも思っていなかった。それどころか忘れ去られていた。これほど屈辱《くつじょく》的なことがあるだろうか。

「聞いたよ。キミ、さっき瑠璃ちゃんに負けたんでしょ。あたしは瑠璃ちゃんに生まれてこのかた一度も負けたことがないよ。つまりキミがあたしに勝てるわけないじゃん」

「ぐっ……」

言葉に詰まり、唇《くちびる》を噛《か》み締める。

彼女は瑠璃が他人の力を借りてでも勝ちたい相手。彼女の言うとおり、ついさっき瑠璃に完敗した俺が勝てる相手ではないだろう。

それでも……見つけた以上、白黒つけなければならない。あの日から六年間。ずっと追い続けた相手だ。ここで勝負を挑まなければ、俺が何のためにこの学園に来たのかわからなくなってしまう。

ついさっき瑠璃に負けたばかりだとしても、戦わずに負けを認めることなどできなかった。

「勝つわよ……今度こそ」

呟《つぶや》いたのは瑠璃だった。おそらく俺ではなく自分のことだろう。

瞳に強い意志を宿し、まっすぐに姉を見据《みす》えている。

「今度のエキシビションマッチ……彼と組むから」

「……へぇ」

俺が挑もうと、瑠璃が睨《にら》みつけようと、それまでニコニコとやり過ごしていたその目が鋭く細められた。再びジロリと俺を見つめる。

「キミ、名前は？」

「……飛鳥翔星《あすかしょうせい》」

「覚えておくよ。あたしは白鳳院紅亜《はくほういんくれあ》」

ふん、と鼻を鳴らして踵《きびす》を返す。

「ちょっと待ってくれ。あんた、紅亜……さん。俺と勝負……」

呼び止めると、彼女はドアの前でピタリと止まり、

「いいよ。瑠璃ちゃんとダブルス組んで挑んでくるっていうなら、そのときは相手してあげるよ。ただし、手加減しないけどね」

そう言い残して部屋を後にした。

望むところだった。彼女が消え去ったドアを凝視し、握り拳《こぶし》を作る。

勝負の約束はできた。後は来るべき日に向けて準備をするだけだ。

といっても、やることは山積みだった。まずはバックの弱点を克服、俺の前陣速攻《ぜんじんそっこう》も対策を立てられるかもしれない。相手の戦型は一応知ってはいるが、それもずいぶん昔の話だ。できれば今の紅亜《くれあ》さんのプレーも一度見ておきたい。あとダブルスの練習もしなければ。むこうのペアの男子のほうもどんな選手かわからないし……。

やるべきことを頭の中で反芻《はんすう》していると、耳元で冷水をかけるような囁《ささや》きが聞こえた。

「これで男子の代表になれなかったら恥ずかしいわね」

「……たしかにな」

男子の代表か……ここは卓越《たくえつ》学園だし、強いヤツらが大勢いるのだろう。そいつら相手に何回勝てばいいのか。約束までの道は長く険しい。けれど……。

「ようやく見つけたんだ……ずっと捜して、追い求めていた相手だ……見つけたからには、最短距離を突っ走ってやる」

さっきから心臓が、ドクンドクンと音を立てて動いているのがわかる。脈打つ鼓動が全身に熱い血液を送り続けている。この血の滾《たぎ》りが進む道を教えてくれる。だからもう、逃がしはしない。

こみ上げてくる熱に身体《からだ》を震わせる俺を、瑠璃《るり》がじっと見つめていた。

「…………」

「なんだよ。むしろ一方的に俺と組むって宣言しておいて、試合の日になってパートナーが俺じゃなかったら、恥ずかしいのはそっちじゃないのか？」

「……まさかわざと選抜戦で負けて、私を辱《はずかし》めたいの？　とんだ変態ね」

「男子の代表になれなかったら俺は変態扱いか」

「当然でしょ」

……当然なんだ。胸に手を当て瑠璃は挑発的な笑みを浮かべてくる。

ふん、まあ俺も負ける気はないから別にいいけど。

「安心しなさい。私のパートナーとして相応《ふさわ》しくなってもらうため、私が練習に付き合ってあげる。選抜戦が始まるまであと三日。他の男子に遅れをとるなど微塵《みじん》も感じさせないほどに、明日から徹底的にあなたを鍛えてあげるわ」

「明日から？　今からの間違いだろ？」

身体は熱を帯びたままだ。入学初日の練習は軽く済ませるつもりだったが、そんな気持ちはとっくに燃えカスになって消え去っていた。

目指すべき場所が決まった。あとは突き進むだけだ。

羽織っていたジャージを脱ぎ捨てると、ニヤリと瑠璃が口の端《は》をつり上げた。

「言うわね。覚悟はできているんでしょうね？」

「当たり前だろ」

その後、身体《からだ》を脈動する熱に身を任せたまま、思う存分俺たちは卓球をした。

お互いの気が済むまで、ずっと。

第三章　ヤングジェネレーション

昼休み。ぽかぽかと春の暖かい光が降り注ぐ中庭で、手入れのされた柔らかな芝生《しばふ》の上に腰を下ろし、対面に座る椿《つばき》の表情をチラリと窺《うかが》った。

彼女はニコニコと笑顔でこちらを見ているが……さて、どうしたものか。

途方に暮れていると、背後から人の気配が近づいてきた。

「おっ、見つけた。こんなところにいやがった」

「教室にも学食にもいないから捜したよ」

昨日知り合った二人だった。一緒に昼食をとるつもりなのか、志乃《しの》は片手に弁当箱をぶら下げて、沙月《さつき》は両手いっぱいにパンを抱えていた。

「凄《すご》い数のパンだな。どんだけ食う気だよ」

「悪いけど飛鳥《あすか》くん……キミには言われたくないと思うよ」

「うっ……」

志乃の指摘に返す言葉もない。俺の目の前には椿が用意した弁当があるのだが、その量の多さにさきほどから箸《はし》が止まったままだった。

「たしかに、すげぇ弁当だな……こんなの誰が作ったんだ?」

「あたしが作ったの。ちゃんと栄養も考えて作ってあるんだよ～」

「たしかにこれだけあれば、必要なすべての栄養を補えそうね……」

「それどころか余りそうだろ」

突き抜ける青空に届きそうな……とは言わないが、とにかく重箱の山がそびえ立っている。

椿《つばき》はこれでも一流のトレーナーを目指しているため栄養学も学んでいる。俺自身も食事には本当に、それはもうずっしりと。俺を力士にでもするつもりだろうか。

気を遣っているつもりだが、親元を離れての寮生活で、偏食に走らないとも限らない。そのため学園での食事の管理もこの幼馴染《おさななじみ》に一任したのだが、それがこの事態を招いていた。

やりすぎな幼馴染に目を向けると、彼女は困ったように頬《ほお》を掻《か》く。

「ま、まあたしかに今日は初日で分量とかよくわからなくて……少なくてショウちゃんがお腹空《す》かせるよりは多いほうがいいかと思って……ちょっと作りすぎちゃっただけだから」

よかった。多いという自覚はあったんだな。栄養のためとか言って、毎日この量を食べさせられるという心配は、ひとまず杞憂《きゆう》に終わったようだ。

「そうだ、沙月《さつき》くんたちもどうかな？」

「オレらも食べていいのか？」

「パンだけじゃ栄養足りないでしょ。アスリートは炭水化物やタンパク質、それにビタミンとバランスよく摂らないと。一流の選手を目指すなら、食生活からきちんとするんだよ～」

「そっか……それじゃあ、このおにぎりから頂こうか。パンじゃない、ライスを！　この素晴らしい炭水化物を！」

「……パンも炭水化物よ」

勢いよく重箱に手を伸ばす沙月《さつき》に呆れながら、志乃《しの》も腰を降ろす。

四人で重箱を囲むように座り、輪になって昼食をとった。

「ところで学食が混んでいるから避《さ》けたのはわかるけど、教室で食べないの？」

「ほぉ、これを教室で食べる勇気があるのか？」

そびえ立つ重箱に箸《はし》を向けると、志乃は苦笑を浮かべた。

「ははっ、ごめん。無理だよね」

「もう、みんなしてあたしのお弁当をバカにして」

もっとも理由はそれだけではない。学食や教室を避けたのは、やたらと視線を感じるせいだ。教室にいる間はあからさまにひそひそ話が聞こえ、休み時間は他のクラスからも俺を見に来る連中がいる始末。昨日の瑠璃《るり》との一件で注目を浴びてしまっているのだろう。昼食くらいは静かにとりたいというのも、この場所を選んだ理由の一つだった。

なんにせよ、弁当はアレだがこの幼馴染《おさななじみ》はトレーナーとしての気遣いはできるやつだ。

「この場所を選んだのは硬い椅子《いす》に座るよりも、なるべく脚を伸ばせるところのほうがいいかなって思ったんだよ」

頬《ほお》を膨《ふく》らませた椿《つばき》が本当の理由を口にする。

その一言に、志乃はまっすぐに伸ばした俺の脚に目を向けた。

「やっぱりその脚……どこか悪いんだね」

「あ……ごめん、ショウちゃん……」

「構わない。もう半分バレているようなもんだ」

瑠璃との試合でバックの弱点は露呈《ろてい》しているからな。そこから怪我《けが》を連想するのは容易だろう。

しかし志乃が気にしていたのは、どうやらそこではなかったらしい。

「あんな極端な前陣速攻《ぜんじんそっこう》、かつての『音速の鳥《ソニックバード》』を知っていれば誰だって違和感を覚えるよ」

「……小学生の頃だぞ。戦型くらい変わってておかしくないだろ」

「大きな壁にでもぶつからない限り戦型ってのは変わらないよ。そしてあの頃『音速の鳥《ソニックバード》』は無敵だった。いや、今の飛鳥《あすか》くんに言うのは失礼かもしれないけど……壁にぶつかったとしても変わってほしくはなかった。これはあたしの勝手の希望だね。それほどに、あの卓球に魅了されていた。あの頃のキミの姿が目に焼きついているのは、あたし以外にも大勢いると思う。だから……少し残念だよ」

魅了されていた、か。

俺があの女の子の卓球を覚えているように、志乃は俺の名前だけでなく、俺の卓球を覚えていてくれたようだ。そのことは少なからず嬉しい。

だけど、今はあの卓球はできない。

視線を落として伸ばした膝《ひざ》に手を当てていると、志乃《しの》は慌《あわ》てて謝った。

「ごめん。好き勝手言って……中学時代は一度も大会に出ていないほどだものね。よほどの怪我《けが》だったんでしょ。復帰するのも大変だったろうに……」

「気にするな。残念だの可哀相《かわいそう》だの、怪我したときに散々言われたからもう慣れた」

慣れたというだけで、いくら言われても平気というわけではないが……。それをここで志乃にぶつけたところで意味はない。膝が元に戻るわけでもないし。

「……怪我の具合は？　もう大丈夫なの？」

「日常生活はもう問題ない」

「日常生活はって……そんなに重症だったの？」

「一年以上松葉杖《まつばづえ》ついてたからね～。ショウちゃん、リハビリ頑張ったんだよ」

「またそれか。アレはお前が無理やり持たせてたんだろ。俺が平気だって言ってるのに」

「だってショウちゃんがすぐに無理しようとするからでしょ」

たしかに怪我をしたばかりの頃は不安で、夜中に病院の階段でトレーニングをしようとして階段から転げ落ちて看護師さんにこっぴどく怒られたこともあった。けどそれ以降、椿《つばき》の過保護のせいで、普通に歩く分には問題ないのに長い間松葉杖を使わされていたのも事実だ。

「まあそんなこんなで、まともにラケットを握って練習を始めたのは半年前だな」

「は、半年前っ⁉　練習を再開したのが⁉」

素《す》っ頓狂《とんきょう》な声をあげて志乃は目を丸くした。

「ブランクが長かったせいで全体的な筋力が落ちてたから、身体《からだ》作りからやり直さなきゃいけなかったからね～」

「ようやく身体もできてきて、これで十分戦えると思ったからこの学園に入学したんだけどな。結果は昨日見た通りだよ」

自分の考えが甘かったと痛感させられた。無様な敗戦を思い出し、口からため息が漏《も》れてしまう。

そんな俺を、沙月《さつき》が不思議そうな目で見ていた。

「何を落ち込んでるのか知らねぇけどさ、昨日志乃っちがあの茨木《ばらき》ってのに突き飛ばされてキレてたショウは、なかなかカッコよかったぞ。そうだよな、やっぱりあそこで黙ってるようなヤツは男じゃねぇよな」

「褒《ほ》めてくれてるとこ悪いけど、俺のはそういうのじゃないから。ずっと昔に『女の子には優しくすること』ってある人と約束したから、その約束を守ってる。ただそれだけなんだ」

他人からすれば幼い頃のくだらない約束かもしれない。けれど、俺にとっては大事な――卓球での約束だ。それを破ってしまうことは、卓球好きとしてのプライドが許さない。だから借りを返すまでは女の子に優しくする。それは心からの優しさとは、やはり違うと思う。

「ふーん、でもその昔の約束を今でも律儀《りちぎ》に守り通してるんだろ？　やっぱりカッコイイと思うぞ。オレは」

喋《しゃべ》りながらも沙月《さつき》は重箱の中身を次々と口に放《ほう》り込んでいく。こちらに気を遣って言ったのかはわからない。ただそう言ってもらえると、少しだけ胸の内が温かくなった。

悪いヤツではないんだよな。ちょっと変なだけで……。

「二人はあの後どうしてたの〜」

「それがね、聞いてよ椿《つばき》！」

なにげない問いに、志乃《しの》が食いつくように声を上げた。

「あの後二人で軽く打ったんだけど、沙月がひどいのよ。わざとサーブのトス斜めに上げて自分も台の端から端に移動しながらサーブしたり、平気で台に手をつきながら打ったり、まともな打ち方しないのよ」

「そうそう、志乃っちはルールがどうのってうるさいんだよ。オレのいた温泉街じゃそんなこと一度も言われなかったぜ」

「温泉街？」

「オレの住んでたとこ」

頰《ほお》についたゴハン粒を舌で器用に取りながら、沙月は語り出す。

「田舎で温泉くらいしか取り得のない町なんだけどさ。どこの旅館にも卓球台があるんだよ。小さい頃は色んなお客さんに卓球の相手してもらって、それで腕を磨いてたんだ。最近だと大学の卓球サークルとか相手に賭《か》け試合したりしてな。だからこの学園のこと知ったときには『卓球だけで入学できるじゃん、ラッキー』ってカンジだったぜ」

「賭け試合って……お前、卓球で金儲《かねもう》けしてたのか？」

卓球好きとして聞《き》き捨《ず》てならない言葉だった。もし本当ならば前言撤回《ぜんげんてっかい》し、クズ野郎として今すぐこの場でぶん殴《なぐ》ってやるところだ。

けれど沙月は小さく首を横に振った。

「別に金は賭けてねぇよ。ただ負けたほうに罰ゲームがあるってだけ。アイツら卑怯《ひきょう》だから、他の宿泊客の女の子に素人《しろうと》のフリして声かけて、負けた相手に無理やり酒飲ませたり、脱がせようとしたり……そんなの男として黙って見てられないだろ？　旅館の評判にも関わる。けど旅館としては警察は呼びたくない。で、どこの旅館もヤバそうになったらオレを呼ぶわけ。言っただろ、地元じゃあ卓球チャンピオンとして有名だったんだぜ、って」

「それって沙月くんに負けた人はどうなっちゃうの？」

「当然スッポンポンにしてやって、そのまま水風呂に突き落としてやる」

「……容赦《ようしゃ》ないな」

まあ卓球を悪事に利用しようとするヤツに容赦する必要もないけど。せめてパンツくらいは残してやれよ。

「可哀相《かわいそう》だね〜」

微塵《みじん》も思っていなさそうな顔で椿《つばき》は笑う。

「そんなカンジの無法地帯だったからさ、細かいルールとかにこだわるヤツってほとんどいなかったんだよ」

「あんな卓球、公式戦じゃ間違いなくアウトよ」

「そういうわけで、今は志乃《しの》っちにちゃんとしたルールってのを教えてもらってるんだ。なんだかんだ言って、志乃っちは優しいよな」

「べ、べつにルール教えるくらいたいした手間じゃないし……それにもしかしたら椿のほうが適任かも……」

「えっ？　なんであたし？」

突然志乃に話を振られた椿は、小さく首を傾けた。

「午前の学科のテスト、満点だったでしょ。クラスで椿だけだったよ」

「ヤバッ⁉　オレなんて十二点だったぞ⁉」

「そっちも相当ヤバいな……。まあ椿はぬけてるように見えて、実はめちゃくちゃ頭いいよ」

「あたし別にぬけてないよ！」

ぷんすか頬《ほお》を膨《ふく》らませる幼馴染《おさななじみ》は、中学時代もテストで学年トップに君臨し続けていた化け物だ。

「卓球好きの俺でも、知識だけは椿に勝てる気がしないから」

「実技はあんまり自信なかったからね～。その分いっぱい勉強したんだから」

「やっぱりここに編入で入れるくらいだから、みんな非凡なものを持っているのね」

「あっ、でもあたしはショウちゃんにかかりっきりだから、沙月《さつき》くんのことはやっぱり志乃ちゃんが教えてあげなよ」

話を戻された志乃はかすかに頬を赤らめ、

「じゃあそうするけど……そ、そんなことより、そっちはどうなの？　瑠璃《るり》の練習は尋常じゃないくらいハードだって噂《うわさ》だけど？」

誤魔化《ごまか》すように話題を変えた。

「ん……まあまあ、かな」

今度は俺が誤魔化したい気分だった。

昨日から白鳳院《はくほういん》瑠璃と一緒に練習をすることになった。彼女専用のトレーニングルームで、彼女専属の練習パートナーになったわけだ。しかしこれから彼女と上手《うま》くやっていけるだろうか……。昨日の午後と今日の朝、ひとまず一緒に練習してみてわかったことは、彼女が遠慮というものをまるで知らない人種だということだった。

練習メニューは今まで椿とこなしてきたものも十分ハードだったがその内容が大きく異なる。

椿《つばき》とこなしてきた練習は怪我《けが》の再発防止も兼ねて、筋トレなどを中心に肉体を鍛えるものが多かった。しかし瑠璃《るり》との練習は今までと違い、実際にラケットを振る練習がメインだ。まあそれ自体はさして問題ないのだが……。なにより大変なのはダブルスのための練習。相手に合わせた動きをしなければいけないということだ。あの能面《のうめん》のような顔の瑠璃の考えていることなどさっぱりわからず、呼吸が合わない。変に考えすぎて俺のミスが重なってしまい、練習中は凍《い》てつく視線で睨《にら》まれっぱなしだった。

「もう学園中の噂《うわさ》になってるよ。姫が魔女を倒すための騎士《ナイト》に飛鳥《あすか》くんを選んだって」

「今度のエキシビションに勝つため、ってことまで知ってるのか？」

「瑠璃が魔女退治にご執心《しゅうしん》なのは中等部の頃から有名だからね」

「つーか、姉のほうが魔女なのか？」

どう見ても妹のほうが魔女だろ。妹が瑠璃姫だから、姉はてっきり女王とか呼ばれているのかと思った。ダメだ……魔女と聞くと、一番最初に思い浮かぶのは練習中に冷たい表情で俺をいたぶる、妹の瑠璃のサディスティックな笑みだった。

「白鳳院紅亜《はくほういんくれあ》……妹の瑠璃に輪をかけて化け物だよ。紅亜さんは打球を思いのままに操るの。彼女が打った球は変幻自在。それが彼女が魔女と呼ばれる所以《ゆえん》」

「ふーん」

そういえば、かつてのあの女の子の打球も意思を持ったかのように動いていた。そうか……

昔と戦型はそれほど変わっていないんだな。

　彼女の卓球が変わっていないことが、なんだか少しだけ嬉しかった。

「あの姉妹って仲が悪いのか？」

「どうだろう。紅亜さんのほうからよく絡んでるのは見かけるから、少なくとも紅亜さんは瑠璃が嫌いではないと思うけど。瑠璃のほうはちょっと表情が読み取りづらいからね。まあ幼い頃から一度も勝ててないらしいから、別段仲が悪いわけじゃなくても劣等感《れっとうかん》を感じて相手に冷たくなるっていうのは、普通の感情じゃない？」

「なるほどな」

　こちらが負けて悔しいことなど気にも留めずに、余裕の態度で接してくるとそれはたしかにイラつくかもしれない。相手に悪気がなくても、こちらは悔しくてたまらないのだ。

「本物のお嬢様だからね。プライド高いのかも」

「……おじょうさま？」

「あの姉妹は天下の白鳳院財閥の令嬢《れいじょう》だよ。この学園の運営資金も一部出してる」

「令嬢って……金持ちの道楽ってレベルじゃないだろ。あの卓球は」

「父親が大の卓球好きらしくてね、幼少時から二人とも有名なコーチの指導を受けていたらしいよ」

「……ちょっと待て。それって二人とも同じコーチから指導を受けていたのか？　それじゃあ……もしかして姉のほうも瑠璃《るり》と同じ戦型なのか？」

あの約束の女の子とは全く異なる、冷たい卓球。もしそうならば、紅亜《くれあ》さんのほうも俺の捜していた女の子ではない可能性が……。

「うーん、以前は瑠璃と紅亜さんはよく似た戦い方だったんだけど、年齢のせいか技術の練度に差があってね。それで多分、瑠璃は紅亜さんに勝ちたくて戦型変えたんだよ。『氷壁の反射《アイスドカウンター》』もおそらく紅亜さんに勝つための技。飛鳥《あすか》くんも面食《めんく》らったでしょ」

「……あのカウンターか」

「相手が打った瞬間に前に出て、鏡のように跳ね返す。球の威力が倍に感じるほどの恐ろしく速いタイミングでの返球。基本は速攻殺しのカウンターだけど、瑠璃は自ら速攻として使うときもあるよ」

「あの速いタイミングでよく返球できるな」

「瑠璃は次に来る打球がわかるらしいからね」

エスパー、ってわけじゃないだろう。

「たいした洞察力《どうさつりょく》だ」

一流の卓球選手は相手の身体《からだ》の向きや腕の振りでどこに打ってくるか、予想することができる。白鳳院《はくほういん》瑠璃はその洞察力がずば抜けているのだろう。俺のバックの弱点を一瞬で見抜いたほどだからな。

「その練習パートナーを務める飛鳥くんもたいしたものだけどね」

そう言って褒《ほ》めてもらったが、素直に喜ぶ気にはなれなかった。

昨日の今日ということもあり、練習では互いの呼吸はろくに合わないし、どちらかといえば俺のミスが多くて罵声《ばせい》を浴びせられたり、冷ややかな視線が飛んできたり……正直瑠璃の練習パートナーをしっかりと務めることができているのか、あまり自信はない。

いっそ自動で球を打ち出す卓球マシーンのほうが、俺よりもパートナーとして優秀かも……。やつらは凄《すご》い。どんなに罵られても、睨《にら》まれても、常に正確なコースに球を打ち出す鉄の心を持っている……まあ当たり前だけど。

そんなことを考えていると「けど」と志乃《しの》は付け加えた。

「その脚で明後日から始まる選抜戦に勝つつもり？　言っておくけど瑠璃が特別なだけで、決して男子が弱いわけじゃないからね。特に『爽快男《ミスタ・フレッシュ》』風間健斗《かざまけんと》と『爆弾魔《ボンバーマン》』油井灯矢《あぶらいとうや》の二人は瑠璃も含めて中等部では三強って呼ばれていたから。勝つのはそう簡単じゃないと思うよ」

「へぇ、あのレベルの化け物がゴロゴロいるのか。やっぱりこの学園は面白いな」

不敵な笑みを浮かべてみせるが、正直ただの強がりだ。膝《ひざ》の弱点も露呈《ろてい》している今、そのレベルの相手を倒せるかどうか……。どうやら他人のことを気にしている余裕は俺にはないようだ。

気を引き締めていると、すぐそばで「ごっくん」と口の中に詰め込んでいたものを一気に呑《の》み込む音がした。

「そういうまどろっこしいのは嫌いなんだよ。ようするにあの姫を倒せば、オレが一年最強ってことだろ？」

「沙月《さつき》……男女では当たらないよ」

「な、なにぃ！」

こいつ、何のための選抜戦かわかってないだろ。男女それぞれの代表を決めるのだから当然だろうに。

「仕方ねぇ。じゃあとりあえず、ショウを倒すとこから始めるか」

「……なんで俺が一番弱いヤツみたいになってるんだよ」

こいつにだけは絶対に負けたくない。

「ショウちゃんが負けるわけないじゃん」

自信満々で口にする椿《つばき》。そう言ってくれるのはありがたいが、

「つい昨日、完敗するところを見たわよ」

すぐさま志乃《しの》に痛いところを突かれてしまった。

そうなんだよ……ボコボコにやられて、完敗したんだよ。我ながら情けない。

「やっぱりオレが瑠璃姫《るりひめ》に勝ったら、オレはショウより強いってことだな」

「まだ言うのね。仮に試合したとしても、それは無理だって。相手は化け物だよ」

椿が俺の勝利を信じて疑わないように、志乃は瑠璃の勝利を信じて疑わないようだ。

化け物か……。順当にいけば、女子の代表は瑠璃でほぼ決まりだろう。中等部のランキング一位という実績もあり、志乃の言葉には根拠がある。

それに比べて、椿の言葉はひどく曖昧《あいまい》なものだ。俺が勝つと信じている。もはや根拠とも呼べない、ただそれだけの感情。

けれどそれは間違いじゃない。相手が化け物だろうと、自分が怪我《けが》を抱えていようと、いつだって自らの勝利を信じているからこそ、勝機は見えてくるものだ。

結局どちらの言い分も実証すればいいだけのことだ。俺が男子の代表になり、瑠璃が女子の代表になる。そうすればダブルスの練習も無駄にはならない。うん、何も問題ないな。

やるべきことを再確認したところで、そろそろ昼休みも終わる時間だった。

「……ショウちゃん、大変だよ」

重箱を片付け始めた椿の手が途中で止まる。

「どうした？」

「お弁当箱……全部空《から》なんだけど……」

「嘘《うそ》だろ!?　まじか……その胃袋、どうなっているんだよ」

いつの間にか、あの天高く積まれた重箱の中身がキレイに無くなっていた。

驚愕《きょうがく》の表情で、全員が沙月を見ると、

「ん？　うまかったぞ」

余裕の笑みでぺろりと口の周りを舐《な》める沙月《さつき》。その胃袋はまだ底が見えない。

卓越《たくえつ》学園……そこは化け物が集う場所らしい。


試合を前に、俺は入念にストレッチをしていた。

今日から二日間にわたって、新入生の代表を決める選抜戦が行われる。

体育館では、すでにいくつかの試合が始まっているのだろう。時折歓声が聞こえてくるが、瑠璃《るり》専用のトレーニングルームは静かなものだった。試合前は他人の試合を見るよりも、自分の世界に入って集中力を高めるほうが俺には合っている。

校内の試合だと、自分専用の練習場所があるというのは、こういうときにも役に立つな。一人になりたいだけならば寮に戻ってもいいが、いかんせんこの学園は敷地が広いせいで寮は体育館から離れすぎているのだ。

さて、俺の出番ももうすぐだ。身体《からだ》もほぐれたところで、膝《ひざ》を固定するためにサポーターとテーピング用のテープを取り出すと、入り口のドアが開いた。

「早かったな。勝ったか？」

「ごめん、負けちゃった」

テヘッとおどけた椿《つばき》が入ってきた。負けたというのに悔しさを微塵《みじん》も感じさせない。

「結構頑張ったんだけど、やっぱりここの生徒は強いね〜」

「相変わらずだな。悔しくないのか」

「そりゃあ、ちょっとは悔しいよ。けど、いいんだよ。あたしの夢はあくまでお父さんみたいな、選手を助けるトレーナーになることだから。相手に勝つことよりも、今はもっと卓球のことを知りたい。卓球は好きだよ……でもあたしの卓球は、そういう卓球だから」

　卓球が好きだというその言葉に嘘《うそ》はないだろう。だが俺とは根本的に目指しているものが違う。彼女は勝った負けたの世界に興味を示さない。

　椿は卓球というスポーツを、もっと科学的に解明することを目標としている。よくみんなが言う『ボールタッチの感覚』みたいな曖昧《あいまい》な言葉ではなく、誰でもわかるくらいの言葉で伝えたいそうだ。そのためドライブの回転量やラバーの接地面、相手がどの程度までボールを追えるだの、強打を打つ際の筋肉の動きだのといったところばかり気にして、ポイントを落とすことは多々ある。彼女の場合は、自分が上手《うま》くなる、強くなることよりも、とにかく深く知りたいというのが一番なのだ。

「ま、卓球好きならなんでもいいや」

「うわ、テキトーに流された!?　まあいっか……ほら、テーピング手伝うよ。そこ座って」

　マットを指差し俺を座らせると、テキパキと膝を固定し始める。

　まったく、この幼馴染《おさななじみ》ときたら……。単純に自分が試合で勝つことよりも、自分が力を貸すことで俺が試合に勝つことのほうが嬉しいのだろう。ほんと、トレーナー向きというかなんというか……。とにかくそんな彼女のサポートがあって、今の俺があるのは間違いない。

あの女の子との約束だけではない。ここにも一つ、負けられない理由があった。

「そうそう、ショウちゃんの試合のときはあたしがベンチに入るからね。もう先生から許可も取ってあるし」

「好きにしろよ」

どうせ何を言ったって聞きやしないのだ。無駄に言い争うくらいなら、自分の試合に集中したほうがいい。ゆっくりとした呼吸をしながら意識を内側に、試合に向けて徐々に気を高めていく。

「相手の名前とか、見た?」

「いや見てない」

短い言葉のやり取り。

こちらの集中力を途切らせず、なおかつ無言で重圧を与えない程度の会話に切り替えてくれる。見たところで情報がない。志乃《しの》にでも聞けば相手の戦型などある程度はわかるかもしれないが、あまり意味はないだろう。相手に合わせた戦い方などするつもりはないのだから。相手のことは気にはなるが、今は自分自身に意識を向けたほうがいい。

最後にサポーターを付け、膝《ひざ》を曲げたり伸ばしたりして可動域を確認していると、

「……無茶しちゃダメだよ」

椿《つばき》が心配そうな顔でこちらを見ていた。

「試合時間も短いし、問題ないだろ」

この選抜戦は新入生の今現在の実力を見るためのもので、怪我《けが》など特別な理由がない限りは全員参加である。とはいっても、イベント的な要素が強いので、対戦はシンプルなトーナメント方式だ。そして11点の3ゲームマッチという、俺にとってはありがたい短期決戦ルールとなっている。

それでも落ち着かない様子で瞳を揺らす彼女の不安を払拭《ふっしょく》するために、俺は力強く頷《うなず》く。

「大丈夫だ。すぐ終わらせてくる」

もとより今の俺にできる卓球は一つしかないのだ。


学園内にある施設の中でも一際《ひときわ》大きな建物、試合会場である第一体育館に足を踏み入れる。

高い天井から眩《まぶ》しいほどの照明が降り注ぎ、思わず目を細めた。中央のフィールドではいくつもの試合が行われており、傾斜のある階段状の観客席がその全周を囲っている。体育館というよりも、もはやアリーナと呼ぶほうがしっくりくる。

そこは懐かしい空気に満ちていた。

シューズが擦《こす》れるスキール音。ラケットがボールを打つ乾いた音。それらは練習のときにも聞こえるが、練習のときと明らかに違うのは音の中に緊張感が混ざっていることだ。公式戦ではなくても選手の溢《あふ》れる闘争心、一球ごとにざわめく歓声、それらの熱気が会場全体を満たしている。

ああ……懐かしいな。試合会場ってのはこんな雰囲気だった。

久しい感覚に心臓が早鐘《はやがね》を打ち、血液が粟立《あわだ》つ。

広いフィールドは青い防球フェンスでいくつかに仕切られ、その中ではどこも熱戦が繰り広げられていた。

観客席には新入生のほかに、上級生の姿もちらほら見える。その中にあの女、白鳳院紅亜《はくほういんくれあ》の姿も確認できた。もっとも彼女の目当ては俺ではなく……というか、観客席のほとんどが、同じ場所を見つめていた。

そこだけがほかと温度が違う。時間が止まったような冷たい異様な空間。そこでは妹のほう、白鳳院瑠璃《るり》が相手を圧倒していた。

相手の女子は息ができないほどの苦しそうな表情を浮かべ、それでも気を吐いてボールに食らいついていたが、それを瑠璃は作業のように淡々《たんたん》と打ち返していた。どんなボールでも正確にコーナーを突く。機械のようなその卓球に、相手の足が徐々に止まり、戦意が削《そ》がれていく。

そして審判が瑠璃の勝利をコールすると同時に、相手の女子は崩れ落ちた。対する瑠璃は汗一つかいておらず、勝ったというのにニコリともしない。冷たい眼差しで相手を黙って見下ろすだけだ。

なるほど、これが氷結《ひょうけつ》の瑠璃《るり》姫《ひめ》か。まさに相手の自信を根こそぎ奪うような卓球だな。リードしていようと遊びも何もない。一切手を抜かずに相手につけ入る隙《すき》を与えない。非情の卓球。ただ下手《へた》に手を抜くヤツよりは、好感が持てる。瑠璃の卓球は淡々と打っているようで、一点も与える気はないという気迫がこもっている。それに勝ちにこだわるのは悪いことじゃない。彼女にとっては宿敵である姉へと続く、負けられない試合だからな。もちろん、俺にとっても。

試合が終わると手早く荷物をまとめ、スタスタとその場を後にする瑠璃。すれ違う彼女と目が合った。

「……こんなところでつまずいたら承知しないわよ」

「なんだ？　お前も心配してくれるのか？」

「ええ、私があなたに費やした時間が無駄にならないか心配だわ」

「安心しろ。その心配なら必要ない」

「そう、ならいいわ」

そう言って、行ってしまった。

今のは彼女なりのエールのつもりだろうか。まったく、可愛《かわい》げのないことで。

ここは天下の卓越《たくえつ》学園。色んなタイプの選手がいて、その誰もが一筋縄《ひとすじなわ》ではいかない実力者だろう。そして男子の代表になるには、一つの負けも許されない。

脇に挟んだケースからラケットを取り出し、周囲に漂う重圧を振り払った。

誰が相手だろうと勝ってみせるさ。

防球フェンスを越えて指定された台につくと、そこで待ち構えていた俺の対戦相手は、身長が高くがっしりとした体格で……？　どっかで見たような……。

「よぉ、今度こそお前の息の根を止めてやるよ。去年の中等部ランキング八位。この『鉄腕《アイアン》』の茨木鉄平《ばらきてっぺい》がな！」

……またお前かよ。


相変わらず茨木のパワードライブは強烈だった。それでもゴリゴリの力押し卓球にやられる俺ではない。一度手の内を見せているので圧勝とまではいかなかったが、初戦は無事勝利を収めることができた。

「お疲れ～」

ベンチまで戻ってきた俺に、椿《つばき》がドリンクとタオルを渡してくれる。

「サンキュー………ん、なにかあったのか？」

汗を拭きながらクールダウンのためこの場を後にするつもりだったが、会場の異様な空気に足が止まった。

試合中は集中していて気づかなかったが……騒ぎに耳を傾けてみると、

「おい、油井《あぶらい》が1ゲーム目落《ファースト》としたって?」

「相手を翻弄《ほんろう》するはずの『爆弾魔《ボンバーマン》』が、逆に爆殺されてるってよ」

「とにかく相手がヤベェな、ありゃ」

そんな会話が聞こえてくる。

油井って……たしか中等部で三強とか呼ばれていたヤツの一人だよな。それほどの実力者が初戦で負けそうだっていうのか? 同じ一年生の中に、他にもまだ化け物みたいなヤツがいるとか、この学園おかしいだろ。

当然気になり、俺も観客席へと上がって彼らの視線の先へと目を凝らす。それと同時に大きなどよめきが会場内に響いた。思わず顔をしかめてしまう。俺の試合よりも騒がれているのが気に食わない、というわけではない。

会場中の視線を集めている試合。そこで打ち合っている選手は、燃えるように赤い髪を逆立て野性味溢《あふ》れる笑みを浮かべる……鹿島沙月《かしまさつき》だった。

見ていてかなり不自然なラリーだった。

卓球のラリーにはある程度セオリーというものがある。簡単な例を挙げるとすれば、下回転のサーブに対しては、相手はツッツキのレシーブで返す、といったものだ。こういったセオリーに従ったほうが、打球が安定しやすくミスが減るのだ。もちろん相手もそれをわかっているので、読みを外すためにラリーの中でセオリーを無視することは多々ある。

しかしこの二人のラリーは、あまりにもセオリーからかけ離れていた。

原因はおそらく、油井《あぶらい》にある。

ラリーの最中、油井は手の中でクルクルとラケット面を回転させている。油井の戦型は、おそらく前陣の異質反転型。ラケットの表裏に異なる種類のラバーを貼り、打つ直前にラケットを回転させることで相手に球質を見極めさせない戦型。多種多様な変化をつけることで相手を混乱させ、自爆に追い込むことから『爆弾魔《ボンバーマン》』といったところか。

ただおかしなことにラリーをしている二人のうち、その表情に迷いが見えるのは……なぜか油井のほうだった。

高めのループで油井が返す。一見してチャンスボールに見えるが、おそらく罠《わな》だ。不規則な回転の掛かったボールはここからさらに変化する。だが沙月《さつき》はそんなことなどお構いなしにダイナミックに腕を振るって……空振りをした。

それは間違いなく油井の作戦通りだっただろう。

だが、ボールは油井のコートに突き刺さった。

「…………は?」

何が起こったのか理解できないといった表情で、点を取られた油井は一歩も動けずにいた。

もしも俺があそこに立っていたら、間違いなく同じ反応をしただろう。

一部始終を上から見ていた今でも理解しがたい、信じられないプレーだった。

「ツシャアアァァッ！」

会場内のどよめきを切り裂くように、沙月の咆哮《ほうこう》が響き渡る。

その嬉々《きき》とした表情を見て確信した。今のは、狙ってやったのだ。

「はは……なんだよ……それ……」

驚愕《きょうがく》に喉が引きつる。ふつふつと鳥肌の立つ腕を、俺はぎゅっと握り締めた。

空振りをしたはずの沙月のラケットは、ぐるりと弧《こ》を描いて戻ってきたのだ。

そして本来なら床に落ちるはずのボールをもう一度、今度は身を低くしながら下から掬《すく》い上げるように打った。

おそらく対面にいる油井からは台に隠れてボールの出どころが見えない……それどころか完全に終わったと思った直後に死角からボールが飛び込んでくるのだ。そんなもの、反応できるわけがない。

学力が壊滅的な沙月が編入試験に合格している時点で気づくべきだった。沙月は学力の不足を補ってなお余りあるほど、非凡な卓球センスを有していた。

その後も沙月は次々と異様な打球を繰り出していく。

それはもはや異質反転なんて生易しいものではない。あまりに変則的すぎてボールの回転はおろか、次に何をするのかまるで予測がつかなかった。

基本から大きく外れたデタラメな打ち方。腕の振り《スイング》は毎回バラバラで、足捌き《フットワーク》もまるでなっちゃいない。はっきり言って動きに無駄がありすぎる。配球もとても考えているようには見えない。

だが、それでも強い。

相手の油井《あぶらい》は自由奔放《ほんぽう》なその卓球に最後まで翻弄《ほんろう》され、無残に爆殺されてしまった。

「11－6。勝者《マッチ・トウ》、鹿島沙月《かしまさつき》」

騒然とした空気が漂う中、顔を上げた沙月が俺に気づいてグッと拳《こぶし》を突き上げた。


夕食を終えて、生徒たちが就寝に向けて静かになり始める頃。

寮の一階にある大浴場へと続く廊下。ひんやりとした通路の壁に背中を預けて、俺はぼんやりと脱衣所の入り口を眺めていた。

一応各部屋にバスルームはあるのだが、大きい風呂で身体《からだ》を伸ばして疲れを癒《いや》したい人のためにこのような設備が設けられている。もっとも先ほどから通路で待機しているが、利用している者はほとんどいないようだった。

ほどなくして脱衣所から一人の男が現れたので、壁から背を離した。

「よっ」

片手を挙げて声をかける。

全身から湯気を立ち昇らせながら歩いてきた赤髪の男が、こちらを向いて首を傾《かし》げた。

「どうした？　ショウも温泉じゃないと満足できないクチか？　今ならデカイ風呂が貸切状態だぞ。それとも一緒に入るか？」

「お断りだ」

同志を得たとばかりに沙月は目を輝かせたが、即座に拒否した。

悪いな、そこまで風呂にこだわりはないんだ……。ましてや一緒に入って裸同士の付き合いなど、真《ま》っ平《ぴら》ごめんだ。

俺にとっての風呂は汗を洗い流すのが目的なので、ぶっちゃけシャワーだけでも事足りる。風呂に入っているよりも、俺の場合はその後のストレッチの時間のほうが長いくらいだ。

「そんなことより、今日の試合を観た。沙月……お前、結構やるんだな」

「まあなー、けど今日は相手がたいしたことなかったからな。オレはまだまだあんなもんじゃねぇよ」

「だったら、物足りなかったんじゃないか？」

問うと、湯上りで垂れた前髪の隙間《すきま》から覗《のぞ》く瞳が、獰猛《どうもう》な光を宿した。

「……そういうことか。でもいいのか？　オレは温泉で回復したけど、そっちは疲れてるんじゃねぇのか？」

「選抜戦の間は瑠璃《るり》との練習がないからな。いつもより元気なくらいだ」

「ならいいけど、場所は？　この時間じゃ練習場使えないだろ」

「それならちょうどいい場所がある。ついて来いよ」


入り口のドアを開けると、そこは暗闇だった。

壁に手を伸ばして、いくつかあるスイッチの中から一つを押す。静かに電気を点《つ》けると、真っ暗だった空間にぼんやりとした光が灯り、そこに青い卓球台が現れた。

「へぇ、いいとこじゃねぇか。ここがショウ専用の練習場所か」

「瑠璃専用の、だな。俺は一時的に使わせてもらってるだけだから、あんまり騒ぐなよ。バレたら怒られそうだ」

「大丈夫だろ。寮の部屋からは遠いし、ピンポン球の音なんて子守唄みたいなもんだろ」

そういうものか？　けどたしかに実家にいた頃、昼間忙しいサラリーマンのために父が夜遅くまで卓球場を開けていたが、音が不快で夜眠れない、なんてことはなかったし……卓球好きならあるいは、そうかもしれない。

カゴに詰まった大量のボールの中から一つを取り出し、台の端に立つ。何も言わずとも沙月《さつき》は対面に移動した。

「悪いな、風呂上りなのに……」

「構わねぇよ。そもそも卓球ってのは風呂上りにやるもんだ」

それは違うだろ。

軽いラリーから始める。

静かな部屋に染み入るようにボールの弾む音が響いた。

「順調に勝ち進んでるみてぇだな」

「そっちもな。明日の午前中の準決勝……どっちも勝てば俺たちで決勝か」

「面白くなってきたじゃねぇか」

「悪いけど、勝つのは俺だから。負けても泣くなよ」

「ほざけ。オレが勝つに決まってんだろ。それにな、カッケェ男は泣いたりしねぇんだよ。そっちこそ……って、あれ？　それじゃあ一年最強の瑠璃姫とは当たらねぇじゃねぇか」

「だから男女では当たらないんだって」

まだ言っているのか。いまだに何のための選抜戦だかわかっていないようだ。

「そういや、もうルールは覚えたのか？」

ふいに思い出したので尋ねてみると、沙月はニヤリと自信ありげな笑みを見せた。

「任せろ。オフサイドならバッチリ説明できるぜ」

「それ卓球関係ないからな」

「ヤバくなったらハットトリックって技を使うと三点入るんだぜ」

「それも卓球関係ないから。そもそも順番が逆だろ……」

「最近はロスタイムのことをアディショナルタイムっていうらしいぜ」

「お前わかってて言ってるだろ！」

いったい志乃《しの》は何を教えていたのだろう……。いやまあ、こいつのことだから教わっているそばから右から左へ垂れ流していた可能性もあるか。

「おいおい、騒いだらマズイんじゃなかったのか？」

「……お前のせいだろ」

会話をしながら徐々にラリーのテンポを速くし、打球に回転も加えていく。こうして打ち合ってみると、あらためて沙月《さつき》の対戦相手が戸惑う気持ちがわかった。

型にはまらないあまりに独特な打ち方。基本から大きく外れているため、リズムが取りにくい。きっと経験を積んだ選手ほど、沙月の相手はやりにくいだろう。

その打ち方を可能にしているのは、人並み外れた柔軟性だ。風呂好きの影響か、関節の可動域が異様に広いのだ。それゆえ普通ならばありえない体勢からでも強い打球を返してくる。

今はどうにか対処できるが、試合中の高速のラリーの中でコレをやられたら、ひとたまりもないな……。

「お前、身体《からだ》柔らかいんだな」

「風呂上りだからな」

「そういうことじゃない、よっ」

単調気味だったラリーに変化を加えて打ち抜くと、沙月は野性味溢《あふ》れる表情を浮かべた。

「やるなぁ……じゃあ、まだこの学園で誰にも見せてない、オレのとっておきを見せてやるよ。いくぜ！　秘技、湯煙り殺人サーブ！」

高く放《ほう》られたボールが沙月の身体から発せられる湯気にゆらりと掻《か》き消される。

次の瞬間、死角からボールが飛んできた。

ありえない方向からのサーブに、身体はまったく反応することができなかったが……。

「おい……いまの技……」

「どうだ！　スゲェだろ！」

「サーブのときにボール隠したら反則だぞ」

「…………マジかよ」

目を点にして固まる沙月。

試合で見せなくてよかったな。とりあえず早くルール覚えろよ。

しばしの沈黙が流れ、

「…………ぷっ」

「……ハハッ、ハハハハハッ」

どちらからともなく、笑いが漏《も》れた。

「で、オレと打った感想はどうよ？　強いだろ？」

「沙月《さつき》が強いかどうかは正直よくわかんないけど……なんつーか、気持ち悪いな」

「ちょっ!?　面と向かってキモイとか……この学園に来て一番傷ついたぜ。もうちょい言い方ってもんがあるだろ……」

「だって、まどろっこしいのは男らしくないんだろ？」

へこむ沙月に向かって、構わずボールを打つ。早くラリーを再開したかったから。

独特な打ち方だろうと、反則まがいの打球だろうと、構わなかった。

たしかにラリーはやりにくかったが、嫌じゃない。むしろ沙月の放つ打球をラケットの面で受ける度に、心が弾んだ。こいつの打球は活き活きとしていて、感情に溢《あふ》れている。その気持ちが、ラケットを通じて伝わってくる。

「お前の打ち方は変だけど、でも……打ってて楽しいよ」

「おっ、やっぱショウはわかってんな。それだよ！　この学園の連中ときたら、どいつもこいつも切羽詰《せっぱつ》まったこの世の終わりみたいな顔してよぉ。卓球ってのは楽しんでなんぼだろうが！」

満面の笑みを浮かべて沙月がラケットを振るう。

打ち合ってみてはっきりとわかった。こいつは心底卓球が好きなんだ。

そして、それは俺も同じだった。

「なら俺たち二人でここの連中に、最高に楽しい卓球を見せてやろうぜ！」

春になったとはいえまだ夜は肌寒い。けれども身体《からだ》が内側から、心の底から温かくなってくる。

得点も何も数えていない。ただ二人で気の済むまで目の前のボールを追いかけて……。

「ショウちゃん！」

突如《とつじょ》耳に届いた声に、思わず空振りしてしまった。

ポーンと背後に飛んでいったボールが、誰かに当たって止まる。そこから恐る恐る視線を上げれば、入り口の前にゆらゆらと怒りのオーラを立ち昇らせた幼馴染《おさななじみ》がいた。

楽しくて、つい騒がしくなってしまったか……てゆーか……ヤバイ。たぶんこれ、めっちゃ怒ってらっしゃる……。

「なんか電気が点《つ》いてるから見に来てみれば……あのねぇ、休むときはしっかり休まなきゃダメなんだよ。自分の身体を大切にって、何回言わせれば――」

「おい、逃げるぞ！」

「オレもかよ！」

咄嗟《とっさ》に椿《つばき》が塞《ふさ》ぐのとは反対側、後ろのドアから飛び出して廊下を駆け抜ける。

追ってくる気配は感じられず、沙月《さつき》と「逃げ切ってやったぜ」と笑いながら別れた直後、部屋の前で仁王立ちしている椿を見つけて頭を抱えたくなった。逃げなきゃよかった……。

次の日、午前中に行われた準決勝に勝利した俺は決勝へと駒を進めた。
そして決勝戦の相手――そこに鹿島《かしま》沙月の名前はなかった。

「やっぱ風間《かざま》が勝ったかぁ。『爽快男《ミスタ・フレッシュ》』が相手じゃ、まあ当然っちゃ当然の結果だよな」

「あの赤頭の編入生も結構頑張ってたけどな。風間は男子の中じゃナンバーワンだからな」

「あんなのただの奇襲だよ。ある程度わかっていれば余裕で対処できるだろ」

足早に校舎の間にある中庭を突っ切る。時折すれ違う生徒たちから聞こえてくる会話に唇《くちびる》を噛《か》み締めた。

試合の結果を聞いたときには、すでに会場に沙月の姿は見当たらなかった。

寮の部屋にもいなかった。そうなれば建物の中にはいないだろうと外に出てみたのだが、いかんせんこの学園は敷地が広すぎる。

粘《ねば》つくような生暖かい春の風を鬱陶《うっとう》しく思いながら、当てもなく歩き回っていると、
ドガンッ！

何かを強く殴《なぐ》る音が、風に乗って聞こえてきた。

耳を澄《す》ませながら音のするほうへと足を向ける。すると用具倉庫とされる建物の影に、見知

った女子がいた。

「……志乃《しの》？」

「あ、飛鳥《あすか》くん……」

「そんなところで、なにやって……」

「シッ、静かに」

振り返った志乃が口元に手をやるのと同時に、ドガンッと再び鈍い音がした。

そこは用具倉庫の裏手側。そっと片目だけで様子を窺《うかが》うと、

「くそっ、くそっ、くそっ………ちくしょうがっ！」

薄暗い影の中で沙月《さつき》が倉庫の壁に額を押しつけたまま、何度も拳《こぶし》をぶつけていた。その表情は見えない。ただ吐き出す声は掠《かす》れていて、拳を繰り出す肩は震えていた。

息が詰まって、思わず身を隠してしまった。

そばにいた志乃は目を細めて嘆くように呟《つぶや》く。

「あんなに自分を責めなくてもいいのに……風間《かざま》は中等部の男子の中では一番で、実力も経験も、あたしたちよりもずっと上だったんだから……」

「……そんなの、関係ないんだよ」

相手が誰だとか、実力とか肩書とか、そんなものは関係ない。

台についてしまえば、ただ目の前の相手に勝つことだけに全力を尽くす。俺がそうであるよ

うに、きっと沙月もそうだったのだろう。

「くそ……勝ってあいつと、ちゃんとやりたかったのに……約束したのに……それなのにオレ……死ぬほどカッコわりぃ……つく……」

崩れ落ちるように沙月は地面に膝《ひざ》をつく。そうして壁を殴《なぐ》る音が止《や》んだかと思えば、今度は嗚咽《おえつ》のような湿った声が聞こえてきた。

無意識に自らの拳を握る。握った拳の中で、爪が食い込んだ。

なに言ってんだよ、バカが。泣くほど悔しいんだろ。それだけ必死にやったんだろ。お前はカッコ悪くなんかないよ。お前は…………。

身体《からだ》が勝手に動き、倉庫の影から身を出そうとすると、

「どこへ行くつもり？」

突然背後から呼び止められた。志乃の声ではない。

振り返ると、そこに瑠璃《るり》がいた。

彼女は俺の背中越しに沙月を見てわずかに眉《まゆ》をひそめるが、それだけだった。敗者を嘲笑《あざわら》うでも哀《あわ》れむのでもない、いつも通りの無表情。

そして彼女は淡々《たんたん》と事実を告げた。

「決勝の相手は彼じゃないわよ」

「…………」

そんなことは、言われなくてもわかっている。沙月《さつき》は負けたのだ。決勝で俺と戦うことはない。試合というのは結果が全てだ。どんなに想っても、叶わないことはある。それが現実だ。

そんなことはわかっている……。

歯を食いしばり黙って動けずにいる俺に、彼女は言葉を続ける。

「姉さんまで最短距離を突っ走る。あなたはそう言っていたわよね」

「………ああ」

「だったら、そっちは違うでしょ？」

鋭い瞳が俺を射抜いた。

そのどこまでも冷静な眼差しに、乱れていた心が鎮められていくのがわかる。代わりに胸の奥底では別のものが生まれ……俺は静かに頷《うなず》いた。

「……そうだな」

去り際にチラリと後ろを振り返る。

これでいい。わずかに見えた震える背中に、もとよりかける言葉など持ち合わせてはいないのだから……。

ただその姿は、俺の心に火をつけるには十分だった。

第四章　疲れ知らずの卓球

「熱くなりすぎね。動きが緩慢、返しが遅いわ」

「くっそ……」

ラケットに当てたボールがあさっての方向へ飛んでいき、俺は天を仰《あお》いだ。

すでに身体《からだ》からは大量の汗が流れ落ち、足元に小さな水溜りを形成しつつある。

「ショウちゃん……さっき試合したばっかりなんだし、一度休んだほうが……」

「大丈夫だ、これくらい」

そばで見ていた椿《つばき》の声に小さく首を横に振ると、鬱陶《うっとう》しい汗が目に入ってきた。目元を袖《そで》で拭《ぬぐ》って真正面を見据《みす》えると、対面の相手はすぐにボールを打ち出す構えをとった。

「そうよ。そっちが練習に付き合ってほしいと言い出したくせに、先に音《ね》を上げる気？」

「バーカ……この程度で音を上げるかよ！」

身体が燃えるように熱かった。決勝の相手は沙月ではないが、ついさっき見たあいつの姿は、この身を焦《こ》がす熱となって今も身体を駆け巡っている。

準決勝と決勝の間には昼食休憩を挟むので、試合まではだいぶ時間があった。抑えきれない熱を持て余していた俺は、瑠璃《るり》に練習相手を頼んだのだが、午後に試合を控えていようと彼女は一切手を抜くことはなかった。

「あなたの場合、反応がいいからってそれに頼りすぎよ。もう少し相手をよく見て、来た球に反応するのではなく、次に来る球を予測しなさい。予測どおりの球が来れば、その分余裕が生まれる。その余裕が視野を広くするのよ……もっともその反応の良さはたいしたものだけれどね」

言いたいことはわかる。視野が広がれば相手の構えや立ち位置、一挙手一投足を捕らえ、それだけで逆を突きやすくなる。

俺だって相手の構えやラケット面の向きを見てある程度は来る球を予測しているつもりだ。しかしこの予測というやつは経験がものをいう。中学時代の三年間試合から遠ざかっていた俺にとっては圧倒的に経験が足りず、予測どおりに球が来ないことのほうが多いのだ。

予測とは全く異なる球が来ると、体勢が崩れてしまう。その結果、自然と予測よりも反応に頼りがちになってしまうのだ。

「これなら、どうだ！」

瑠璃《るり》の立ち位置をギリギリまで確認し、構えと反対方向に打つが、

「甘いわね」

反転する彼女のラケットが弧《こ》を描き、あっさりと返されてしまった。

「うおっ……完全に逆突いたと思ったのに……」

「相手の打球を予測できれば、こういうことも簡単にできるわ」

「できるわ……って、それ言うほど簡単じゃねぇだろ」

「なに？　この程度の小技もできないで、よく今まで生きてこれたわね？」

「できないと死んじゃうのかよ！　なにちょっと驚いてんだよ。普通に生活送るにはまったく困らないだろ。そんなことで死んでたら、命がいくつあっても……」

「ほら、どんどん行くわよ」

「人の話を聞け！」

それからしばらく襲いかかってくるボールを打ち返し続けていたが、徐々に身体《からだ》が追いつかなくなっていく。瑠璃の打球は容赦《ようしゃ》なくコーナーを突き、俺の身体を左右に揺さぶる。次第に顔が歪《ゆが》んでいくのが自分でもわかった。

「追いつかないからって手打ちになってるわよ。腕を伸ばしてラケットに当ててるだけじゃ意味ないでしょ」

「ハア、ハア……わかってるよ、シッ」

「ボールばかり見すぎよ。相手が打った瞬間に打球の軌道は頭に叩き込みなさい」

「くっ、これで……どうだ！」

「全然ダメね。腰が高い、回転が弱い、動きが大きすぎてバレバレ、顔が醜《みにく》い」

「ハア、ハア……おいっ、最後の、なんかおかし……っ!?」

気づいたときには遅かった。視界が斜めに流れていく。床が異様に近い。

滑《すべ》って足がもつれただけだが、それを立て直すほどの余裕は今の俺にはなく、顔面から派手に転倒した。

「ちょっ、ショウちゃん！」

「だ、大丈夫だ……これくらい。疲れて少し身体《からだ》がついてこなかった」

「疲労が脚にきてるみたいね。少し休んだら？」

慌《あわ》てて駆け寄ってくる椿《つばき》を手で制していると、対面からとても心配しているとは思えない機械のように感情のない声が降り注ぐ。

疲れたら休む、それが作業かのような言い方だ。その言い方はあまりにも優しさや思いやりといったものからはかけ離れ、本人にその気はなくともバカにした響きにさえ聞こえる。

そんな風に言われて素直に疲れているのを認めるのは、俺のプライドが許さず……。

「誰がへばってるって？　そんなやわな鍛え方してないんだよ」

「じゃあすぐ立ちなさい」

「わかってるよ。汗で床が滑るから、拭いてるんだよ」

などと強がってみたりする。

しかし身体は正直なもので「今は動きたくない」と俺の命令を無視し続けていた。

ああ、でもこうして寝転がっていると、火照《ほて》った頬《ほお》にひんやりとした床が気持ちいい……。

「顔面モップ？　斬新ね」

「誰の顔が雑巾《ぞうきん》だ！」

安らぎをくれた床に即刻別れを告げる。

「そう、まだ元気がありそうでよかったわ。この程度で音《ね》を上げるようでは、決勝の相手にはきっと勝てないから」

「相手のこと……知っているのか？」

「まあね。あなたからすれば少し厄介《やっかい》な相手よ」

「ふーん」

同じ学園の生徒なのだから知っていても不思議はないが、姉以外の人間に興味がなさそうな彼女がそんなことを言うのが少々意外だった。

少し休んで回復したので練習を再開しようとすると、

「ちょっと待って」

甲高《かんだか》い声に止められた。

振り返れば椿が心配そうにこちらを見ていた。彼女がこの表情をするとき、それはいつも決まって同じことを気にかけている。

「ねぇ、ちょっとハードすぎるんじゃない？　午後にも試合があるんだし……」

俺の膝《ひざ》を心配しているときの表情だ。

このときばかりはいつもの無邪気な表情はどこかへ隠れ、代わりに不安でいっぱいといった顔になる。

「いや、これくらいでちょうどいいだろ。今はとにかく身体《からだ》動かして余計なものを吹き飛ばしたかったし……っていうかリハビリ中の、椿《つばき》が考えたメニューのほうがよっぽどしんどかった気がするんだけど……」

練習がハードだなどと、どの口が言うか。

中学時代、怪我《けが》で衰えた俺の筋力を取り戻すためとはいえ、椿が考案した練習メニューはまさに鬼だった。筋トレなんかは身体中が悲鳴を上げていたし、走り込みはゲロを吐くほど走らされた。膝《ひざ》に負担が少ないからと、夏場はプールでのトレーニングも多かったが「よし、じゃあ今日は死ぬまで泳ごうね」などと椿は笑顔で言うのだ。事実プールで脚をつって何度溺れかけたことか。

今思い出しても、まさに地獄の日々だった。

「あたしは膝を大事にしてたもん。ショウちゃんの膝を絶対良くするんだって、そういう想いが込もってたからいいの！」

「想いが重すぎて沈みそうだったけどな」

ただまあ、どんなに厳しい練習メニューでも、毎日最初から最後まで付き合ってくれたことには感謝している。

ラケットを持たない練習など、俺にとっては苦痛でしかなかった。それを乗り越えられた要因として、俺が逃げないように常に見ていてくれる存在があったのは間違いない。

ふと、そこで疑問が生まれた。

椿とはもう何年も一緒に練習してきた。俺以上に俺の身体に詳しい彼女が、オーバーワークかそうじゃないかを見誤るなど考えにくい。練習を止めようとしたのは、他の理由があるのではないか？

「おい椿、何か言いたいことがあるんじゃないか？」

促すと、彼女は少し迷ってから口を開いた。

「……さっき瑠璃《るり》ちゃんがやってた打ち方。ああいうのは、身体がしっかりとできてからのほうがいいと思うんだけどな……」

「私のやり方に意見する気？」

冷たい声音《こわね》がぶつけられる。

だが椿は少しも怯《ひる》んだ様子はなかった。

「別に悪いって言ってるわけじゃないよ。たしかに今のショウちゃんにとっては有効な打ち方かもしれない。卓越《たくえつ》学園の生徒を相手にするのに引き出しは多いほうがいいに決まってる。けどね……今は基礎をしっかり身につけたほうがいいと思うの」

「彼はすでに基礎は十分できているわ」

「ああいう打ち方は本来のフォームも崩しかねないでしょ。あたしが言いたいのは長期的な視野で考えれば、今は基礎の底上げが大事だってこと」

「今日の午後にはもう決勝があるのよ。それにどうしてそこまで基本的な型にこだわるの？　基本だけで太刀《たち》打《う》ちできないときのための引き出しでしょ」

「ああ、もう！　とにかく基本が大事なの！　変な打ち方で膝《ひざ》に負担かかっても困るし」

「これはむしろ怪我《けが》をしたほうの膝に負担がかからない打ち方なのだけれど……」

「怪我したほうを庇《かば》いすぎて、もう片方に負担がかかるのはよくないんだよ。せっかく治ってきたんだから、変な癖とかつけたくないの！」

「ふーん、この子はこう言っているけど、どうするの？」

たしかにバックの弱点を克服するにはあの打ち方は有効だ。ただフォームの崩れや身体《からだ》への負担を気にする椿《つばき》の言い分もわかる。

どうすべきか視線を彷徨《さまよ》わせていると、今にも泣き出しそうな、すがるような目で見つめてくる椿と目が合った。

……ったく、わかったよ。

「まあ椿がそこまで言うなら、椿の言うことに従うよ」

そう告げると、椿はパッと顔を明るくさせた。

「たしかに高校入ったばかりで、そんなに焦っても仕方ないしな」

「ずいぶんとのん気なものね。勝率が少しでも上がるなら……勝てるときに勝たないでどうするの」

「椿にだって考えがあるんだ。基本の底上げが大事って椿の言い分だってわかるだろ」

「……そうかもしれないわね。先を見据《みす》えているのなら、その選択も間違っていないのかもしれない……っ!?　なんのつもり？」

自分のやり方が否定されたからか、少し寂しげに肩を落とす瑠璃《るり》。そんな彼女に向かってボールを打ったのだが、不意を突いたはずなのにしっかりとラケットで上に弾かれた。頭上付近まで上がったボールをパシッとキャッチし、瑠璃は少し驚いた瞳でこちらを見た。

「基本の底上げって言っただろ。練習の続きやるぞ」

「……そこの彼女はなんて言うかしら？」

先ほどまで小躍りしそうなくらいニコニコしていた椿が突然話を振られて、しどろもどろに返答する。

「えっ、あ……うーん、ここで無理して怪我したら元も子もないんだけど……」

「ストレッチやマッサージは念入りにやるさ。お前も手伝ってくれるだろ？」

「それはもちろん手伝うよ」

「なら、問題ないだろ」

「そうなんだけど……」

椿《つばき》はしばし逡巡《しゅんじゅん》したが、やがて小さく頷《うなず》くと、

「……仕方ないね。でも膝《ひざ》に違和感あったら、すぐに教えてよ」

「ああ、わかっている」

いつものとおり、彼女はニコリと微笑《ほほえ》んだ。


それから再び瑠璃《るり》と打ち合っていたが、何度か連続で瑠璃の打球を返し損ねたところで、椿に止められてしまう。

「ハア、ハア、なんだよ。まだ続けられ……って……あれ？」

気を抜いた瞬間にカクンと上体が傾いた。咄嗟《とっさ》に台に手をつき顔面モップは拒否するが、脚に力が入らない。視線を落とせば膝が笑っていた。

いつものことだが、このあたりの判断は絶妙だな。

「はいはい。転がってないで、脚出す。サポーター取ってあげるから。その間にショウちゃんは反対の脚伸ばして。午後の試合まではもう練習禁止ね」

なるべく疲労を残さないよう筋肉を伸ばしていると、サポーターを外しながら椿がじっとこちらを見ていることに気がついた。

「どうかしたか？」

「なんか……ショウちゃん、あたしと練習してる時より楽しそうなんだもん」

「そりゃ、お前との練習は筋トレとかプールとか地味なのばっかりだからだろ。ラケット使う練習のほうが楽しいに決まってるし。相手が瑠璃だと遠慮が要らないからな。思い切り打ち込めるってのはやっぱり気分いいもんだ」

「フン、だ。あたしはショウちゃんの膝のことを考えてるんだもん！」

ぷくーっと頬《ほお》を膨《ふく》らませた椿は、瑠璃に視線を向ける。

「瑠璃ちゃんもちょっと楽しそうに打ってたけどさ、ちゃんとショウちゃんの膝のことまで考えてたのかな？」

「え……ごめんなさい。私も彼をいたぶるのが楽しくてつい……」

「そこは顔を赤らめるところじゃないだろ！」

そんなところに卓球の楽しさを見いださないでもらいたい。

そのまま横になって椿と念入りにストレッチを行っていると、ガラッと入り口の戸が開いた。

「やあ瑠璃。久しぶりだね」

爽《さわ》やかな笑みを浮かべながら一人の男が現れる。サラリとした髪の毛に、はっきりとした目鼻立ち、白い歯を覗《のぞ》かせる笑顔は異性から人気の出そうなイケメン顔だ。ジャージの開いた胸元から一年生のカラーである黄色いユニフォームが見えた。

「……何の用かしら？」

「つれないなぁ。瑠璃の新しい男ってのが気になってね」

「人聞きの悪いこと言わないで。彼はただの練習パートナーよ。使えないとわかったら、ボロ雑巾《ぞうきん》のように捨ててやるわ」

「ハハッ。キミ、酷《ひど》い言われようだねぇ」

イケメン男はチラリと俺に視線を送るが、

「あなたと同じようにね」

「…………はは、参ったね」

瑠璃《るり》の容赦《ようしゃ》のない一言に苦い笑みを浮かべていた。

「それで何の用かしら？　あなたと無駄話をしている暇は私にはないのだけれど」

「相変わらず卓球のことしか頭にないんだねぇ。でも気になって見にきたのは本当だよ。そこで横になっているボロ雑巾君が、僕の決勝の相手なんだよね」

「…………」

そうか……こいつが沙月《さつき》を倒した相手か。

顔を上げて瑠璃と対峙《たいじ》するイケメン男——これから俺が戦う男を目に焼きつける。

「こんなボロ雑巾が見たいだなんて、変わってるわね」

「ハハッ。ボロ雑巾にしたのは瑠璃だろ」

おい……お前らさっきから本人目の前にして好き勝手言いすぎだろ。

謝罪の一つでも要求しようかと口を開きかけるが、

「ちょっと、さっきから聞いていれば……」

その前に割って入ったのは椿《つばき》だった。

そうだ椿。お前からこの失礼な連中にガツンと言ってやれ。

期待をこめた眼差しで、幼馴染《おさななじみ》の背中を後押しするが……。

「ショウちゃんがカビ臭いとか絞ったら牛乳臭そうだとか、そういうのやめてよね！」

もういい……お前も黙っててくれ。

勝手に期待しといてなんだが、俺の期待を返してくれよ……。

嘆息していると、男は思い出したように口を開いた。

「そういえば、キミも編入だったね。僕の準決勝の相手も編入だったんだけどさ……」

「あいつは、強かっただろ？」

鋭い視線をぶつけるが、男は大袈裟《おおげさ》に肩をすくめた。

「ううん、全然だったよ。サーブのトスの高さとか、ラケットの持ち方だとか、試合中に親切に教えてあげたのに、なぜだか勝手にミスを連発してね。それはもう可笑《おか》しかったよ」

爽《さわ》やかな笑みを浮かべている。だが言葉の端々から、腹の中は真っ黒だというのが窺《うかが》えた。

なるほどな……沙月の苦手な細かいルールを指摘して、リズムを乱したのか。

「それから僕に負けた途端に彼、震えて泣き出しそうになっちゃって……」

「あいつは泣かないよ」

「え？　でも実際泣きそうなくらいに顔歪《ゆが》めて……」

「カッケェ男は泣かないんだ。あいつはそれでいいんだよ」

歯を食いしばり、見上げるようにその憎らしい顔を睨《にら》みつける。

「ごめんごめん。もう帰るから」

こちらの剣幕《けんまく》に気圧《けお》されてか、イケメン男は素直に謝りその場を後にしようとするが、

「ああ、もう一つ用件があったんだ」

出口の前で立ち止まる。

「瑠璃《るり》、僕とパートナーになる気はないかい？」

「前にも断ったでしょ」

「それは付き合おうって話だろ？　今回は選抜のダブルスの話。だってさ、言っちゃ悪いけど彼の卓球は穴だらけだろ。組む意味あるのかい？」

「……あなたよりは、強いわよ」

「じゃあ、僕が勝ったら僕と組むということだね」

「言われなくても、勝ったらあなたとダブルス組むことになるでしょう。そういう決まりなのだから」

それだけ聞くと、イケメン男は満足そうに出て行った。

「……なんだよ、今の」

「気になるの？」

「付き合おうとか、その辺の話はどうでもいいけどな」

「そうよね……ほんと、どうでもいいわよね」

瑠璃と付き合おうなどと考える輩《やから》がいたのには驚いたが、美人で卓球も強いとなれば、そこに惹《ひ》かれる者もいるだろう。ただ俺たちはそんなことのためにこの学園にいるわけではないのだ。色恋の話など、本当にどうでもいい。

「彼は風間健斗《かざまけんと》。中等部の男子の中ではトップの実力で、以前は私の練習パートナーだったわ」

「やっぱりあれが『爽快男《ミスタ・フレッシュ》』か。いけ好かない男だな」

「そんなことより問題は彼の戦型ね。彼が得意とするのは……」

「あー、いいよ。そういうのは」

言いかけた彼女の言葉を遮《さえぎ》る。

「相手の情報知っていたって、今の俺にできる卓球は一つしかないから。自分の卓球に集中したい。考えすぎて予想と違うことをされても焦るだけだしな」

「……そう、まあここであなたが負けるようなら、用はないから」

「手厳しいな」

「荷物をまとめて、その日の貨物列車で田舎へ送り返してあげるわ」

「厳しすぎる！」

「箱詰めで市場に出荷されるのがお望み？」

「俺どうなっちゃってるんだよ!?」

「さあ？　それが嫌なら、全力で勝ちなさい」

挑発的な笑みに、静かに頷《うなず》く。

「安心しろ。最初からそのつもりだよ」


軽い昼食をすませてから、会場である第一体育館へと向かっていると、廊下の隅で沙月《さつき》が待ち構えていた。こちらに気づいて顔を上げたその瞳は、まだ少しだけ赤かった。

「悪かったな……」

「ん、どうして謝る？」

「約束、破っちまった……」

そう言って沙月はバツが悪そうに目を伏せる。まったく、何を言っているんだか……。

「破ってないだろ？」

「あ？」

「お前がここからいなくなるわけでもないし、この先俺とお前の卓球をこの学園の連中に見せつける機会くらい、いくらでもあるだろ？　それともお前はもう卓球やめちまうのか？」

「バカ言え。やめねぇよ」

うわ、バカ呼ばわりされた。バカはそっちだろうに。

けれど沙月は力強く宣言した。これだけの元気があるなら、もう大丈夫だろう。

「だったら、何も問題ないだろ」

「……そうだな……サンキュ……」

もじもじと礼を言う沙月が可笑《おか》しくて、笑いを堪《こら》えるのに必死だった。

「もうそろそろ時間だから行くぞ」

「待てよ。あの風間《かざま》ってヤツ、かなりヤバイから気をつけろよ」

「お前じゃないから、ルールに戸惑ったりしないぞ」

「ルールとかそういうの抜きにしても強いって言ってるんだよ」

「へぇ、そいつは楽しみだ」

口元をつり上げて笑みを浮かべる。

「やけに自信があるんだな？」

そんな俺を、沙月が怪訝《けげん》な眼差しで見つめていた。

なんだよ、忘れたのか。まあこいつはバカだし仕方ないか。残念なその頭に、もう一度言ってやる。

「入学式の日に言っただろ。お前が思ってるより俺は強いから」

会場に入ると、観客の数が昨日よりも明らかに多かった。

「人がいっぱいいるけど、なんだかあっちとこっちで雰囲気違うね～」

椿《つばき》の言うとおり、西側と東側で観客席の雰囲気がきれいに二分されている。

決勝戦ということもあり、敗退した者の多くが観客席に回っていた。別に試合を観るのは強制ではないため、この時間を使って練習している者もいるだろうが、レベルの高い試合は観るだけで勉強になる。

西側の観客席はそういった雰囲気だ。なかには二、三年生の姿も見える。その視線の先では瑠璃《るり》の試合が行われていた。これは昨日も見た光景だ。

問題は東側の観客席。こちらも西側と同様多くの観客がいる。風間《かざま》の注目度は瑠璃と同じくらいなのかとも思ったが、ただ向けられるその視線は全く異なり……。

「ケントくーん、頑張ってねぇ！」

「風間ぁ、編入野郎なんかに負けるんじゃねぇぞ！」

そのどれもが風間の応援だった。

中等部の男子の中ではトップの実力。それでいて爽《さわ》やかでイケメンとくれば、人気もあるか。

降り注ぐ声援にも慣れた様子で片手を挙げて応えながら、風間は堂々とコートの中央へむかって歩いていた。

防球フェンスを越えてアウェイ感の強いコートへ俺も足を踏み入れ、自らのラケットを風間に差し出す。試合前、互いのラケットの確認だ。

俺が風間のラケットを受け取ると「ケント君のラケットに変なことしないでしょうねぇ」「編入が調子にのるな」と言った声がチラホラ聞こえた。鬱陶《うっとう》しいが、気圧《けお》されるほどでもない。

正直彼らの視線が束になったところで、沙月《さつき》のあの姿を見てしまった後ではちっとも怖くはなかった。

そんなことより、風間の使うこのラケット……。

「……凄《すご》い人気だな」

「ああ、これ？」

「まるで正義のヒーローみたいだ」

「ハハッ、じゃあキミが僕に倒される悪者だね」

さらりと酷《ひど》いことを言うやつだ。まあ先に皮肉を言ったのは俺だけど。

「勝手に人を悪者にするなよ」

「昔はキミも卓球界のヒーローみたいな扱いされてたよね。でも僕がヒーローのほうが、見た目的にもしっくりくるだろ？」

「いやいや、俺のほうがカッコイイし」

「それ、本気で言ってる？」

「ああ」

意外そうな顔をする風間《かざま》。

失敬な、本気だよ。まったく卓越《たくえつ》学園の生徒のくせに何もわかっていないんだな。

「教えてやるよ。卓球で強いヤツが、世界で一番カッコイイんだよ」


白い球がふわりと上がった。

この一瞬には歓声など全く耳に入らない。集中し、感覚を研《と》ぎ澄《す》ませる。

落下するボールに合わせて風間が巻き込むように腕を振るう。

繰り出されたのは俺のバック側へ逃げるような横回転のサーブ。だが、甘い。

鋭いリターンが風間のフォアを打ち抜く。

「1－0」

得点が決まった瞬間、違和感を感じた。

それは観客席から落胆の声に混じって、微《かす》かなブーイングがあることなどではない。

おかしい……返球に対する風間の反応が悪く、動きも平凡だった。いや、むしろ卓越学園の生徒にしては遅すぎるくらいだ。この程度で去年の中等部の男子でトップ……？

考えられるのは序盤は様子見か、それとも……。

対面する風間は点を取られたというのに爽《さわ》やかな笑みを貼り付けたままだ。

「へぇ、初見のサーブに対してそのカウンター。反応も動きもたいしたもんだね」

「ふん、今ので少しは実力わかってもらえたか?」

「実力?　そんなもの見なくてもわかっていたよ。瑠璃《るり》が気の迷いや酔狂《すいきょう》で練習パートナーを選ぶなんてことはないからね」

「なら最初から全力でこいよ。でないとその澄《す》ました顔が、試合後醜《みにく》く歪《ゆが》むことになるぜ」

「あはは。その台詞《せりふ》、すごい悪者っぽいよ」

再び風間のサーブ。俺は前に出てすぐさま返すが、そのときには目の前から風間の姿はなくなっていた。

そう、目の前ではない。風間がいたのは遥《はる》か後方。台から数メートルは離れている。そして風間は頭上に掲げたラケットを下へと振り下ろした。

ふわりと緩やかなボールが返ってくる。速度のないそれは本来チャンスボールであるはずなのだが……強打した俺の打球は台の端をわずかに逸《そ》れて、床へと落ちた。

「……やっぱり、カットマンか」

ラケットを確認したときにカットマンが好んで使う弾みを抑えたものだったから、そんな気はしていたんだ。

「そういうこと」

ひたすら前に出る俺の前陣速攻《ぜんじんそっこう》に対して、風間の戦型はカット主戦型。いわゆる守りの型だ。打球が高速で迫る前陣ではあえて勝負せず、威力が落ちる後ろで相手の攻撃を凌《しの》ぎ、相手のミスを待つ戦術。速度で押し切る俺の前陣速攻《ぜんじんそっこう》が苦手とするタイプだ。なぜならば、速度を上げられないからだ。

事実いくら俺が前に出て速い展開に持ち込もうとも、風間《かざま》は同じだけ後ろに下がり、ラリーの速度は変わらない。暖簾《のれん》に腕押し状態だった。

ふん、それなら……。

「なかなかいいカットだけど、それくらいならぶち抜いてやるよ」

「へぇ……どうやって？」

「こうするんだよ……前陣速攻二の型『瞬速の豹《クイック・パンサー》』」

上体を倒し、さらに前傾姿勢の構え。ギリギリまで台に寄りつつ、そこから跳ね際《ライジング・ショット》を打つで強打をコースに打ち分ける前陣速攻。これならば、いくら後ろにいようとも拾えまい。

風間を右に振った直後、リターンを左隅に強く打つ。

だが矢のように鋭い俺の返球は、空《くう》を切っただけだった。

「アウト！」

審判のコールに思わずラケットの面を見てしまう。

「……ちっ」

これがカットマンの厄介《やっかい》なところだ。文字通り、切るようにラケットを振るう彼らのカット打法は凄まじい回転を生み出す。普通に返そうとしても、こちらのラケットに当てた途端にボールがあらぬ方向へ飛んでいってしまうのだ。

わかってはいた。今のも回転を見極め、アウトにならないようしっかりと抑えたつもりだったのだが……。

「……ようやく本気か？」

「最初から本気だよ。キミの打ち筋を覚えるのに少し時間が必要だっただけでね」

「もう覚えたってか」

「まあね。極端に前に出て相手のペースを乱そうとしてるけど、後ろに下がればさほど脅威ではないし。僕はいつも通り後ろで捌《さば》いて、キミが自滅するのを待てばいい」

これまでのラリーの中で風間の回転を見極めているつもりが、逆に見定められていたのか。

ねちねち守りながら嫌らしく相手の弱点を探る。これだからカットマンという人種は……。

しかも風間はラリーの中で回転に強弱をつけてくる。それだけなら誰でもやっていることだが、驚いたことに風間は全く同じフォームで何種類もの回転を操っていた。

「僕はあまり身体能力には自信がないんだ。けど卓球は反応や筋力を競うスポーツじゃない。コンマ何秒でボールが行き交う中での、高速の心理戦だよ」

そう言って、風間はサーブと同時に後ろへ下がった。

徹底して後陣カットで戦う気のようだ。

おそらく俺のバックの弱点も知っているはずだ。けれど先ほどからわざと左側を開けてもまるでのってこない。むこうから攻めてくれればカウンターで打ち抜くチャンスもあるというのに、無理に攻めずに守りに徹して……正直やりにくい。

いくらタイミングを速く返球しても拾われる。際どいコースを突けばアウトになる。

駆け引きは苦手だ。俺の選択肢が前に出て速攻しかないから、そもそも駆け引きも何もないのだが………。

なら、シンプルにいこう。

下回転《カット》で返ってきたボールを、丁寧に風間《かざま》の右側に返す。

「……っ?」

訝《いぶか》しげに返してくるボールを、今度はクロスで反対の左側へ。

速さにこだわる必要はない。コースも入ってさえいればおおよそでいい。

相手が前に出てくる気がないのなら、ひたすら後ろで走り回ってもらおうじゃないか。

これは駆け引きなんてもんじゃない。俺は機械のように、ただ来たボールを右へ左へ交互に打ち分けるだけだ。

「……先に言っておくけど、左右に走らせてスタミナ切れを狙うつもりならやめておいたほうがいいよ」

何球続いただろうか。作業のようなラリーの最中、風間が話しかけてきた。

「僕がこの戦型を身につけたのは、卓球選手に重要な速筋や反射神経には恵まれていないからだ。卓球が好きで、でも普通にやったらこの学園の連中には歯が立たなくて……たどり着いたのがこの戦型だ。速さや強さに負けないように、どんな球でも返せるように、ただ拾うことだけを人一倍練習してきた」

「何が言いたい？」

「僕相手にこんなくだらない単調な攻撃や、奇《き》をてらった速攻なんかは通用しないよ。ましてやスタミナ切れなんてあり得ない。諦めなよ」

「やってみなけりゃわからないだろ」

「じゃあ悪いけど、今から地獄を見ることになるよ」

そして風間の打球が少し変化した。相変わらずのカット打法だが、コースがそれまでとは違う。毎回ストレートに返ってくる、単調な返球。

つまりそれは、俺の身体《からだ》を左右へと振り回すものだった。

「ハア、ハア……くそ、しんどいな……」

「ショウちゃん、ハイ！」

ベンチに戻って椿《つばき》からタオルを受け取った。けれどいくらタオルで顔を拭いても、その下からとめどなく汗が噴き出してくる。

第1ゲームは俺がとったが、今の第2ゲームは同点《デユース》が続いた末に風間にとられてしまった。

試合展開はずっと変わらない。互いに単調なラリーで相手を左右に揺さぶり、ひたすらミスを待ち続けるだけだった。

屈《かが》んで俺の脚を揉《も》みながら、椿《つばき》が尋ねてくる。

「膝《ひざ》の具合はどう？」

「……問題ない」

「調子はいいみたいだね。じゃあショウちゃん、今のままでいいよ」

「……わかってる」

喋《しゃべ》るのも億劫《おっくう》なので、短い言葉で返した。

風間《かざま》は徹底してカットを繰り出す。昔ながらのカットマンというか、自分からは全く前に出てこない。派手なプレーも一切しない。とにかく守りに徹して自分の得意な展開にもっていこうとしている。きっと今のこの状況も、風間の思い通りなのだろう……。

「あなたたち、バカなの？」

聞こえた冷たい声に顔を上げれば、目の前に瑠璃《るり》がいた。

「バカじゃないもん。ってゆーか瑠璃ちゃん、そっちの試合はもう終わったの？」

「ええ、たいした相手ではなかったわ」

チラリと隣のコートに目をやれば、大差で終わったスコアが見えた。なんだよ、試合終わってヒマだからって、俺をからかいに来たのか？

「それよりもこの単調なラリー、仕掛けて流れを変えるべきね」

「…………」

「どうしてそう思うの？」

黙っている俺に代わって、椿が口を開いた。

回復に専念したいのを察して代弁してくれたのだろう。本当に、優秀なトレーナーだ。

そんな俺たちを見て、瑠璃は眉《まゆ》をひそめる。

「どうしてって……膝が悪いのでしょう？　多少リスクを背負ってでもコースを突いて、早めに勝負を決めたほうがいいんじゃなくて？」

「あのカットマンがそれをさせてくれるとは思えないな〜。今のゲームだってとられはしたけど、内容は別に悪くなかったんだよ？」

「わかってないわね。彼が『爽快男《ミスタ・フレッシュ》』と呼ばれる所以《ゆえん》は、試合終盤でもまるでたった今試合が始まったかのような爽《さわ》やかな笑みを浮かべているからなのよ。このまま彼のペースに呑《の》み込まれたら、後半は防戦一方になるわ。それなのに……」

「時間だ」

休憩時間が終わり、汗を拭いたタオルを投げて俺は立ち上がった。

目の前の瑠璃は不思議な生き物でも見るかのように首を傾《かし》げて、

「それなのに、どうしてあなたは……笑っているの？」

ぼそりと呟《つぶや》いた。

そうか……俺は今、笑っているのか。

戸惑う瑠璃《るり》に一つだけ、勘違いを訂正しておこう。

「……今は、俺のペースだから」

力強い足どりで俺は最終ゲームへと向かった。


最終ゲームにもなると、だんだんとわかってきた。風間《かざま》のカット打法の種類は大きく分けて三つ。鋭く切れるカット、普通のカット、それにカットに見せかけた回転のほとんどない球、といった具合にどれも回転量が違う。本人の中ではもっと細分化されているのかもしれないが俺の中ではこんな感じだ。これらを全く同じフォームで打ち分けられるのは驚異的だが……何から何まで同じとはいかないよな。

回転のほとんどないカットは、他の打球に比べてほんのわずかだが打球が速く、弾道も低い。

それさえ見極められれば、今までよりも強く振りぬける。

「シッ！」

リズムの変化に風間の反応がわずかに遅れる。それでも追いつく辺りはさすがだが、これも回転が弱い。

すかさず今度は反対側へ強打する。

だが、風間はそれすらも拾ってみせた。

さらに何度か強打で左右に散らすが風間はそのことごとくを返し、最後は狙いすぎた俺の打球がわずかに外れた。

「〜〜〜っ！」

回転は読めていたのに、ミスした自分に腹が立つ。普通は決まる打球をことごとく拾われて、攻め急いでしまった結果だった。

風間の場合、強打を拾うために後ろに下がっているので、直線的な俺の打球に対して俺よりも素早く動かなければならず、動く幅も大きい。さらにはこれだけ左右に振っているというのに、爽《さわ》やかな笑みが崩れない。『爽快男《ミスタ・フレッシユ》』の名は伊達《だて》ではないようだ。

「ハア、ハア……どんだけ体力あるんだよ」

「ハハッ。さっきも言ったけど、僕は卓球に欠かせない瞬発力を持った速筋には恵まれなかった。逆に言えば肉体を占める遅筋の割合が人よりも多いんだ」

「つまり、どういうことだよ？」

「生まれ持っての遅筋とそれを最大限生かすための練習のおかげで、僕の身体《からだ》は疲労とは無縁なんだよ」

「……なんだよそれ」

疲労と無縁か……いいな、それ。もしもそうなら、身体なんて気にせず、椿《つばき》に止められることくもなく、一日中卓球ができる。最高じゃないか。考えただけで楽しくなってくる。

「ハハハッ、ほんと……この学園は面白いな」

「何がおかしいんだい？」

「奇遇だと思ってな……俺も、疲れを知らないんだ」

ならどちらかが倒れるまで、思う存分卓球をしようじゃないか。


こんなに長くラリーを続けるのはいつ以来だろう。

打っても打っても返ってくる。互いの意地のぶつかり合い。

一瞬の迷い、一振りのミスが命取りになる。それでも確実に、強く、相手が拾い続ける限りこちらも叩き続ける。

身体《からだ》は燃えるように熱い。肌がヒリつく緊張感。この感覚、たまらないな。

気持ちが高揚し、たぎる血潮が疲れを吹き飛ばす。

「ハハッ……そんなに強打を連発しても、そっちが疲れるだけだよ。もっと戦略を練ったほうがいいんじゃないかな……」

「回転だの、筋肉だの、色々理屈こねてるけどよ。卓球ってのは、来た球を打ち返せばいいんだよっ！」

「……っ!?」

一向にペースの落ちない俺に対して、風間《かざま》が戸惑いの表情を浮かべる。

自分の得意な形、俺が不利になるよう試合を進めていたつもりだろうが、そもそも俺が体力に自信がないなどと、誰が言った？

膝《ひざ》の負担を減らすために極端な前陣速攻《ぜんじんそっこう》なんかをやっているせいで、どうやら風間も他の連中も勘違いしているようだ。

ただ打ち返すだけならば、実は膝への負担はそんなにない。

膝に極度の負担がかかるとき、それは左右に鋭い切り返しをするときだ。卓球選手において素早い切り返しができないなどもはや致命的で、切り返しを極力しないために編み出した前陣速攻なのだが、相手がカットマンとなれば話は別だ。

下回転《カット》ってのは基本的にはふわりと山なりの放物線を描く。強打《スマッシュ》のような直線的で速い球に比べて、打球がこちらに届くまでほんのわずか時間がかかる。つまり風間がカット打法に徹する限り、俺の膝がすぐに悲鳴をあげる様な鋭い切り返しは必要ない。

持久戦？　望むところだ。

風間はどんな球でも拾う練習を人一倍やっていたとか言っていた。

けれど俺は中学時代、お前らがラケット持って楽しそうに卓球している間、ゲロ吐くまで走らされて、溺れるまで泳がされてきたんだ。この程度で音《ね》を上げていたら、椿《つばき》の練習メニューで今頃死んでるぜ。

「ハア、ハア……どうした？　動きが鈍ってるぞ。疲れないんじゃなかったのか？」

「これだけ長引けば……そりゃ、疲れるさ」

「ハア……そうか、俺はまだまだ余裕だぜ」

「キミのはハッタリだろ」

「じゃあ、試してみろよ」

肺は空気を求めて激しく鼓動している。流れる汗が絡みつき、手足は鉛《なまり》のように重い。視界がぼやけ、思考が鈍る。

それでも俺は今、卓球をしている。全身が疲労を訴えているが、まだ大丈夫だ。

積み上げてきたこれまでの日々は、無駄じゃない。この程度で壊れはしない。

俺の膝が教えてくれる。

もっと速く、もっと強く、できるはずだ。

手の中で滑《すべ》るラケットを握り直す。渾身《こんしん》の力で振りぬいた打球は、風間の伸ばしたラケットの先を駆け抜けていった。

「……どうなってるのさ……ここにきて一段と速く……」

今ので、マッチポイントだ。

追いつめられて、初めて風間の表情から笑顔が消えた。

「ハア、ハア、いい顔になってきたな。そういう顔が見たかったんだよ」

「…………まるでキミは本物の悪者だね。なら、正義の味方が倒さないと」

スッと険しい表情で風間《かざま》がラケットを振るう。そうして放ってきたのは、いつもよりもやや高い放物線を描くカットで……っ!?

それと同時に自らも前に出てきた。後ろに下がってずっとカットマンに徹していたはずの風間が台にくっつくように身を乗り出す。

先ほどよりもずっと風間の身体《からだ》が大きく見える。

打てるコースが……ない。下手《へた》に狙えばアウトだろう。

仕方なくコースは気にせず強打で返すが、風間はラケットで壁を作り、カウンターブロックで返してきた。

「ちっ……」

さっきまで球速のない下回転《カット》に慣らされていた身体だ。突然の早いタイミングでの返球にわずかに動きが遅れる。それでもなんとか追いつき返すが、

「前に出てこないという先入観が、キミの反応を鈍らせたね」

容赦《ようしゃ》のない強打《スマッシュ》が、がら空きになったバック側へと放たれた。

準決勝で風間が沙月《さつき》に対して仕掛けた心理攻撃。気に食わないやり方だが、それだけこいつは勝ちたかったのだろう。そして中等部の男子の中でトップの地位。この学園の猛者《もさ》たち相手に勝ちにこだわらなければ、きっとそこまでたどり着けなかっただろう。

自分の戦い方が相手に通用しなかったとき、このままでは勝てないのなら何かを変えなければいけないのだ。どうしようもなくなったとき。人は変わらなければならないときがあるのだ。

俺が以前の戦型を捨てたように、風間もカットマンとしての意地よりも勝利を優先させる男だと、こいつの沙月との試合の話を聞いてそう確信した。

勝ちにこだわるのなら、追いつめられれば風間は必ず前に出てくる。

だからこの一球は、絶対ここに打ってくるに決まっている。

「そうだよな……先入観は油断を生むよな」

深いフォアの後、俺はバックに反応できないはずなのだから。

相手が腕を振るのに合わせて、左足を大きく開いて重心を移動。そこを軸にして身体を回転させる。一瞬ボールから目を離すが、再び視界に入ってきたボールの位置はこちらの予想と寸分違わなかった。

体重に遠心力を上乗せした打球は、乾いた音を響かせて風間の脇をぶち抜いた。

「勝者《マッチ・トウ》、飛鳥翔星《あすかしょうせい》！」

勝ち名乗りを受けてベンチに戻ると、頬《ほお》を膨《ふく》らませてやや怒り気味の椿《つばき》がいた。

まあ理由はわかっているけどな。

「ショウちゃん、さっきの打ち方はダメだって言ったよね」

ほら来た。片足を軸に回転する不安定な打ち方は、本来のフォームを乱す要因になりかねないと釘を刺されたばかりだからな。

逆を取ったつもりになっている相手には、なかなか効果的なんだが……。

「悪い……けど別に試合でたまに使うくらいならいいだろ。多用はしないから。そもそも使える機会が滅多《めった》にないだろうしな」

「そうだけど、いつの間に練習したの？」

「ずっと一緒にいただろうが。言いつけ守って練習はしてねぇよ」

「そっか。ならいいけど……」

「よくないわ。一体誰に教わったのかしら？」

フン、とこちらもなにやらご機嫌斜めな様子の瑠璃《るり》姫。こっちに関してはどうして怒っているのか皆目《かいもく》見当がつかない。

「自分で教えといてそれか？」

「……私？　だって、さっきはできないまま終わった……その後練習していないはずじゃ……」

「完璧な打ち方はお前が見せてくれただろ。あとはそのイメージに自分の身体《からだ》を重ねるだけだ。まだ全然だけどな」

最後の打球――試合を決めたのは、身体ごと後ろに反転しながらのバックスマッシュ。ついさっき、瑠璃に教わった技だ。

椿《つばき》に練習することは禁じられたが、頭の中では何度もイメージを繰り返した。うまくいくかどうかは賭《かけ》だったが、そこは相手の技術の高さに感謝だな。フォアの後、風間《かざま》が正確にバックの深いところを突いてきたおかげで、こちらも確実にボールを捉えることができた。

「そう……それにしてもいきなり実戦で使うなんて……よほど体幹がしっかりしているのね」

「当然でしょ。誰が面倒見てると思ってるの」

「これならもっと早くに覚えていてもいいと思うのだけれど？」

「ラケット握ったのは半年前だからな」

「……半年前？」

あれ、言ってなかったか？　以前にその話をしたのは沙月《さつき》たちだったたっけか……。

やばいな、頭が……回らない。

「基本を一つずつおさらいしていたら、半年なんてあっという間だよ～。新しいことに挑戦している余裕なんてないんだから」

「……それまではなにを？」

「それまではずっとリハビリ。走り込みや体幹トレを中心にね～」

「何年もラケットを握らずに下地作り……気の長い話ね」

「う、うるさいな！　ショウちゃんはゆっくりじっくり治していくの。言ったでしょ。こっちだって色々考えてるんだから」

「そう、ならいいわ」

「うぅ……なんか、むかつく」

唸《うな》っている椿《つばき》に空《から》になってしまったボトルを押しつけ、俺は踵《きびす》を返した。

「どこへ行くのかしら？」

「水飲みに行くんだよ。なくなっちまったから」

手をヒラヒラと振っていると、瑠璃《るり》が怪訝《けげん》そうな声を上げた。

「あら？　たしかそこのバッグにもう一本……」

「荷物はあたしが片付けておくから、ショウちゃんは先行っててていいよ」

「……頼んだ」

お言葉に甘えてその場を離れる。

足早に出口に向かうと、赤い頭が立ち塞《ふさ》がった。

「なんだよ。俺が負けた相手にあっさり勝ちやがって」

「だから言っただろ、お前が思ってるより俺は強いって……」

「ほざけ……ま、おめでとさん。それにしてもお前ら二人とも疲れを知らないとか、いったいどんな身体《からだ》して――」

「ああ悪い。ちょっとノド渇いてるから、また後でな」

会話もそこそこに沙月《さつき》を押しのけて、外へと向かう。

「まったく……たいした疲れ知らずだな」

背後で沙月のそんな呟《つぶや》きが聞こえた。

体育館脇に設置された水飲み場の蛇口《じゃぐち》を捻《ひね》ると勢いよく水が出てくる。屈《かが》んで飲もうとするが、バランスを崩して流水に頭から突っ込んでしまった。

情けないことに、全身に力が入らない。

誰も見ていないし、もう無理する必要もないか……。

立ち上がるのも億劫《おっくう》なので、おとなしく座って水を浴び続けた。

怪我《けが》をしてからは、ラケットを握れない日々が続いた。プールや筋トレなど、ひたすら地味な身体作り。ラケットを握っても基礎練習ばかり。試合形式の練習はずっと短期決戦を想定してのものだった。長い時間の卓球は膝《ひざ》に負担がかかるからと、禁止されていた。

けれど、今日は動いていた。最後まで戦えた。ここまで動いて大丈夫ということは、膝が治ってきた証《あかし》だ。

「ハア……ったく、ふざけんなよ……疲れないわけ、ねぇだろうが」

降り注ぐ冷たい水よりも、全身を襲う疲労感がなにより心地《ここち》好かった。

第五章　楽しい休日の過ごし方

「ねぇ、ダブルスのルール、あなたわかってる？　一人が続けて打ったらいけないのよ」

「わかってるっつーの！」

「じゃあ打ったら場所を空けなさいよ。邪魔なんだから」

「だから邪魔にならないように気を遣って……」

「考えてから動いていたら遅いの。打ったら素早くどきなさい」

「邪魔とかどけとか、他に言い方ねぇのかよ！」

「とにかく打ったら……消えなさい」

「ひどくなった!?」

週末の日曜日。無事に一年生の代表になれたので、瑠璃《るり》とダブルスの練習に励んでいたのだが、あまり上達しているとは言い難かった。

ダブルスはペアが交互に打たなければいけないルールなのだが、互いにスイッチする動きが合わない。基本的なハの字の出入りも、８の字の回り方もうまくいかないまま、練習の終わりを告げるアラームが鳴り響いた。

「はい、今日はここまで～」

それと同時に椿《つばき》に卓球マシンのスイッチを切られてしまう。

「なんだよ……もう終わりか」

「約束したよね。今日の午後はお休みにするって」

時刻はまだ正午で俺としては少々物足りない気分だ。しかし「最近ちょっとハードな日が続いてるから、日曜日の午後は完全休養にするよ」と事前に椿から言われていたので、従わざるを得ない。卓球好きは、約束を守るものだ。ちなみに瑠璃の了承も得ている。

ただ卓球好きにも困ったことが一つある。卓球が好きすぎるが故《ゆえ》に、卓球を取り上げられると退屈で仕方がないのだ。卓球漬けの毎日のせいで、趣味がない。というか他のことには興味がない。つまりわかりやすく言えば、休みの日はやることがない。

「じゃあショウちゃん、午後はお出かけしよっか」

「はいはい」

特にやることがないので、休養日は世話になっている椿への感謝も兼ねて、買い物やら食事やらに付き合うのが通例となっていた。

ふと思いついて、傍《かたわ》らにいた女子にも声をかけてみる。

「なあ、よかったら瑠璃も一緒に……」

「行かないわ」

こちらに視線も寄越さず即答された。

まだ最後まで言ってないんだけどなぁ……。

「練習する時間が削られるもの」

そう言って短い休憩を済ませた瑠璃《るり》は練習を再開した。

機械から吐き出されたボールを黙々と弾き返す。驚いたことにマシンと台をともに三台並べて、その全てのボールを打ち返しているのだが、正確無比な打球が左右の隅に打ち分けられていた。

練習だろうが一球にかける集中力が半端じゃない。一卓球選手として尊敬に値する。

だが一緒に練習してきて、しばしば感じるのだ。彼女の強さの中に、危うさや儚《はかな》さが孕《はら》まれている気がしてならない。

「椿《つばき》、お前から見て瑠璃はどうだ？」

「うーんとねぇ……直接触ってみないとわからないけど、ちょっとオーバーワーク気味かなぁ。少し休んだほうがいいと思うよ」

やはり、椿の目から見ても瑠璃には休息が必要なようだ。この学園に来てから毎日、同じ光景を見ている。彼女が休んでいる姿を俺は見たことがない。このままではそう遠くないうちに、どこかを壊してしまうだろう。

卓球がしたくてもできない苦しみを、俺はよく知っている。だからこそ、このまま黙って引き下がるわけにはいかないのだ。

「ほら、名トレーナーもこう言っていることだし、少し休めよ」

「行かないと言ったでしょう。私が行って、そこで何か得られるものがあるの？」

「……フレッシュな心とか？」

「それなら市場で買えるからいらないわ」

「売ってないだろ！」

「新鮮なのは食べたことはないけれど」

「食い物じゃねぇよ！　つーか新鮮じゃない心は食ったことあるのかよ！」

「私は他人の勝利への欲求を食らってここまできたわ」

「うまいこと言ってんじゃねぇ！」

やりとりをしている間も、瑠璃はラケットを振るのを止めたりはしない。

「……ったく。じゃあ聞くけどさ、何が得られれば行くんだよ」

「姉さんに必ず勝てるラケットとか？」

「そんなもん、どこにもないだろ」

あるなら俺が欲しいくらいだ。

「じゃあ……あなたの命とか？」

「イヤだよ！　なんだ命って。じゃあ、とか言って全然妥協《だきょう》になってねぇよ！」

「ケチね」

「……ケチとかそういう問題じゃなくね？」

「姉さんとの試合まであと三日しかないから、私は休みたくないわ。ただあなたは選抜戦で疲れてるでしょうし、休むのは自由よ。あなたが休もうと私には関係ないから、早く行きなさい」

皮肉混じりに冷たく突き放されてしまう。

しかしこれで放《ほう》っておいて怪我《けが》でもされたら、自業自得《じごうじとく》とはいえ寝覚めが悪い。椿《つばき》がオーバーワーク気味と見ているのだ。なら休ませたほうがいいに決まっている。

どうにか頭の中で、瑠璃《るり》を納得させられる言葉を模索してみる。

「関係ない……か。ダブルスのパートナーに対して、それはないんじゃないか？　俺たちはただでさえ呼吸が合わないんだから、もっとお互いのことをよく知るべきだろ。良いところも、悪いところも。互いを知ることで、見えてくるものもある。それに昔から言うだろう？　人という字は人と人が支えあって――」

「しつこいわね。私は悪い魔女に呪いをかけられていて、十分以上練習をサボるとリンゴになってしまうのよ」

「話を遮《さえぎ》ったうえに見え透いた嘘《うそ》をつくな！」

寝てるときとか、どうするんだよ。

依然としてラケットを振り続ける瑠璃に向かって、椿も声をかける。

「あたしたちこの辺全然知らないから、案内してほしいんだよね～」

「私は街に何があるのかよく知らないわ」

「大丈夫。あたしたちも知らないから」

「何を根拠に大丈夫なの？　その理由がわからないわ」

「なら決まりだね。一緒に行こう！」

「勝手に決めないで……」

「まあまあ、別にいいじゃん。一緒に探検しよ…………あ、でも練習休んだらリンゴになっちゃうんだっけ。どうしよっか？」

「……ふっ」

失笑が漏《も》れるが、瑠璃はそれを誤魔化《ごまか》すようにすぐさまラケットを振るった。

椿の持ち前の親しみやすさで、頑固な壁も突破できるかと思われたが、瑠璃はすぐさま新たな壁を作り出す。無表情に、機械から吐き出されるボールを延々と打ち返す。まるでどちらが機械かわかったもんじゃない。

どうしたものか……。

「疲れをとったほうが練習効率は上がると思うよ〜」

「私のことは放っておいて」

「怪我するかもしれない女子を放っておけるかよ。女の子には優しくなんだよ」

やや強引な俺の言い分だったが、

「………」

初めて、瑠璃《るり》の動きが止まった。

機械から吐き出されたボールが、ポーンと抵抗なく後ろに跳ねていく。

だらりと腕を下げ、瑠璃は息を吐いた。

「そう……なら仕方ないわね」

「え？　いいのか？」

「私の練習時間が削られるのは不本意だけれど、パートナーであるあなたの生態も調査しておく必要があると思うから」

「生態調査って……なんか、珍獣みたいな扱いだな」

「性別調査がお望みかしら？」

「何を確認する気だ！」

「何を確認してほしいの？」

「……もういいから、準備できたら校門に集合な」

「わかったわ」

小さく頷《うなず》き、瑠璃はラケットを抱えて部屋を出ていく。

その姿を見送る椿《つばき》が、隣でぼそりと呟《つぶや》いた。

「瑠璃ちゃん……一緒にお出かけできるのは嬉しいけど……どうして気が変わったのかな？」

そんなもの……俺にだって皆目見当《かいもく》もつかなかった。

着替えを済ませてから校門で待つこと数分。本当に来るのか半信半疑だったが、瑠璃はちゃんと姿を現した。

銀縁《ぎんぶち》の眼鏡《めがね》をかけて、卓球をするときは束ねている髪も解《ほど》いている。風にサラリと揺れる綺《き》麗《れい》な黒髪は、清楚《せいそ》なお嬢様のようだ。そういえば、本物のお嬢様なんだっけか。まあ中身は清楚とは程遠いけどな。現に今だって……。

近づいてきた瑠璃を見て、思わず口を開く。

「なんで制服なんだよ！」

クールに見えて私服は可愛《かわい》い系とか、いっそフリフリのドレスとか着ていたら爆笑してやろうと思っていたのに。休みの日にまで制服とか、かたっ苦しいだろ。

「外出する際は学園の名に恥じない格好、と校則に記載されているわ」

「返答までかたっ苦しいな。私服でもおかしな格好じゃなかったらいいだろ」

「私が卓球に関係ないような服を持っていると思って？」

「開き直るな！」

「では聞くけれど、私が何を着れば満足だったの？」

「そ、それは……」

「ってゆーか、ショウちゃんも別にたいした服着てないよねぇ」

「……一応、私服だろ」

そう指摘する椿《つばき》はブラウスの上に春らしい薄手のカーディガンを羽織り、下はチェックのスカートとオシャレな服に身を包んでいる。対して俺はゆったりとしたパーカーに穿《は》き慣れたジーンズといったラフな格好だった。

たしかに椿に比べれば、俺の私服も瑠璃《るり》の制服も大差ないのかもしれない。

「まあいい……百歩譲って、服はこの際どうでもいいんだ。そんなことよりも、もっと他に聞かなきゃいけないことがあったな」

そうだ、触れるべきはそこじゃないんだ。服装なんかよりも、もっと大事なことがあった。

あまりのことに思わず後回しにしてしまったが、それは清楚なお嬢様ではあり得ない……というか普通ならばあり得ないことで……。

「……さっきから、お前は何してるんだ？」

目の前の瑠璃に訝《いぶか》しげな視線を送るが、

「何って？」

問われた彼女は言っている意味がわからないと、きょとんと首を傾《かし》げていた。

「……どうしてラケット持ってピンポン球コンコン打ってるんだ？」

「ピンポン球はラケットで打つものよ。バットで打つのはマナー違反だわ」

校門にたどり着く前からずっと、彼女の腰の辺りでは、ボールが規則正しく上下に跳ねていた。

「そういうこと言ってんじゃねぇよ！　あまりにも平然としてるから、一瞬このスタイルが普通なのかと思っただろうが」

「一瞬でも普通だと思っちゃうショウちゃんも、どうかと思うよ」

「うっ……とにかく、学校の名に恥じないはどこいったんだよ！」

「卓球の練習は恥じることではないわ」

「時と場所を考えればな！」

「私は恥ずかしくはないわ」

「一緒にいる俺らが恥ずかしいんだよ！」

「私は練習をサボると呪いで……」

「それはもう聞いたよ！」

「文句が多いわね。せっかく私が練習時間を削ってまで付き合ってあげるというのに」

なぜか、蔑《さげす》むような眼差しを向けられた。

「……俺がなんで怒ってるか、わかってるか？」

「もちろんよ。脳内でノルアドレナリンが多量に分泌されているからね」

「ちげぇよ！」

そうなのかもしれないけどさ！

こめかみを押さえて嘆息していると、すぐそばから「ぷぷっ」と堪《こら》えきれないといった様子の笑い声が聞こえてきた。

「何笑ってんだよ」

「いやぁ～、瑠璃《るり》ちゃん見てたら思い出しちゃって」

ギクリと思わず視線を逸《そ》らす。

だがこの幼馴染《おさななじみ》は可笑《おか》しそうに、じっとこちらを見つめていた。

「昔、ショウちゃんも同じことしてあたしに怒られてたよね。少しでも練習しないと、ってコンコンしながら歩いて、それで車にはねられそうになって……」

「うっ、うるさい！」

「マヌケね」

「今のお前の姿も相当マヌケだけどな！」

小高い丘の上にある学園からバスに乗って十分ほど。俺たちは休日で賑わう市街地へとやってきた。

初めての土地に慣れない俺たちは、ひとまず大通りを歩くことにしたのだが、当然そこは人通りが多い。しかしそんな人混みの中でも瑠璃はボールを落とさず何事もないように歩いていた。かつて同じことに挑戦した者として、その難しさはよく知っている。しかもだ、瑠璃は自分の意思とは関係なく揺られるバスの中でさえその状態を保っており、それにはさすがの俺も脱帽するしかなかった。

あてもなくぷらぷらと歩き、時折椿《つばき》が気になる服や小物を見つけては、店内を見て回る。

俺たちの休みの過ごし方はいつもこんな感じだ。

服などにさして興味のない俺は、隣でコンコンと続く音の秘訣のほうが気になっていた。

あらかた見終わって店の外へ出る椿を追って、俺たちも自動ドアをくぐる。

「よく平然と歩いていられるな」

「あなたとは集中力が違うわ」

「はいはい、そーですかっ！」

つい邪魔したくなり、不意打ちでサッと手を伸ばすが、

「甘いわ」

まるで俺の動きを想定していたかのように、瑠璃はポーンと高くボールを打ち上げ、あっさりと避《よ》けてしまう。

「……まじかよ」

「言ったでしょ。あなたとは集中力が違うのよ」

「このっ、くそっ」

ヤケになり次々と腕を振るうが、瑠璃は華麗なステップを刻み、そのことごとくが避けられ、

「そんなもので私の守りは崩せな……」

一陣の風が吹いた。

宙に浮いたボールが流れる。予期せぬ突風にも、瑠璃《るり》はボールを落とさないようしっかりとラケットで受け止めた。

ただ風の影響を受けるのはボールだけではなかった。吹く風は瑠璃の腰から下の布地、スカートをふわりと持ち上げる。

てっきりスパッツを穿《は》いているものと思ったが、清楚《せいそ》なお嬢様のような純白の三角形が目に飛び込んできて、慌《あわ》てて目を逸《そ》らす。いや、スパッツ穿いていたら凝視していいってもんでもないだろうけど……。

「…………」

「…………」

風が止《や》み、静かにスカートが元の位置へと戻った。

周囲の喧騒《けんそう》の中、俺たちの間にはコンコンと乾いた音だけが響いていた。

「下を守れよ！」

思わず叫んでいた。

あの状況でもボールを落とさないのは見事だけどさ、優先順位が違うだろ。そのせいで俺が気まずいじゃないか。

だが瑠璃《るり》はスカートの中を見られたことなどまるで気にしていない様子で、ぼんやりと首を傾《かし》げていた。

「なぜ？」

「なぜってなぁ……」

「ショウちゃん……他に言うことがあるでしょ？」

振り返れば椿《つばき》がニコニコといつも通りの笑顔で……目が笑っていない。よく見れば口元を引きつらせて、その背中からは揺らめく怒りのオーラを放っていた。

身の危険を感じ、慌てて瑠璃に謝る。

「その……ご、ごめん」

「なぜ謝るの？」

「いや、それはだな……なんというか……」

「理由もなく謝られるのは、迷惑だわ」

「じゃあ…………ありがとう？」

「ショウちゃんのバカ！」

強烈な衝撃が襲いかかり、まぶたの裏で火花が散った。

「それにしても、こんなふうに誰かと街を歩くなんて初めてだわ」

「俺も隣でずっとコンコンしてる変なヤツと街を歩くのは初めて……いてっ」

コンッと意外に硬い衝撃が額を襲った。

皮肉を口にした俺の額を打ったボールは見事に瑠璃の手元へと戻る。人にぶつけてまでどこに跳ね返るかわかるなど、いろんな意味で恐ろしい女だ。そして瑠璃は平然と言い直した。

「そうではなくて、誰かの買い物に付き合ったりするのは初めてよ」

「そんなことあるのか？　誰かしらあるだろ」

「例えば？」

「いや、友達とか……」

「友達？　なにそれ、ファンタジー？」

「悪かったよ！」

そんな責めるような目で見るな。なにその悲しい返し。聞いてる俺も悲しくなったよ。

そんな会話をしながら椿の後ろについて歩き回り、椿が小物を二点ほど買ったところで、ふとこちらを振り返った。

「二人ともボーッとついてくるだけだと、なんだかあたしの買い物に無理やり連れ回してるみたいじゃん」

「だって、買いたいものとか特にないしな」

「そうね。私は必要なものがあれば、たいていのものは取り寄せてくれるから」

「ぶ～、こういうときだけ息ピッタリなんだから。これだから卓球バカは……」

呆れたように椿《つばき》はため息を吐くが、

「よし、それじゃあみんなで美味《おい》しいものを食べに行こう！」

気を取り直して、俺たちの手を引いていく。

おそらく事前に調べておいたのだろう。軽快なその足取りに迷いはない。買い物をしながらも俺たちのことを気にかけているところといい、よくできた幼馴染《おさななじみ》なのだ。

やがてたどり着いたのは、雑居《ざつきょ》ビルの一階にあるファストフード店だった。こぢんまりとした雰囲気でどうやらチェーン店ではなく、個人経営の店のようだ。

「ここは……どういった店かしら？」

「この辺りだとここのチキンが美味しくて評判らしいよ。調べたんだから」

店前のメニューを眺めると、チキンがメインの店のようだが、その他にもサンドウィッチやデザート類のメニューも充実していた。

しかしなぜか、瑠璃《るり》は表情を曇らせている。

「こういった店は栄養のバランスが悪いから、私は遠慮して……」

「大丈夫だって。キッチリ管理しすぎて好きなものを食べられないのは、ストレスに繋《つな》がっちゃうんだから。逆にパフォーマンスが落ちる原因にもなるし。たまには、ね。それにほら、胸を成長させるには鶏肉とかキャベツとかがいいらしいよ」

「……ちょっと、最後のは言う必要があったのかしら？」

渋い顔をする瑠璃の背中を「まあまあ」と強引に押していく。

人気の店だけあって、昼時の店内はかなり混雑していた。

「とりあえず一番人気のチキンでいいだろ？　俺が注文してくるから席取っておいてくれ」

「じゃあお願い。オレンジジュースよろしく～」

「そっちは、飲み物は？」

「私は純度一〇〇％の炭酸水をお願いするわ。腸の働きを良くし、消化を助けてくれ……」

「それはちょっとないんじゃないか？」

「……なら、玄米茶」

「それもないと思うけど……」

「そんな……ならこのお店には何があるというの？」

「ここファストフード店だからな！」

そんな意外そうな顔するな。

注文の列に並び『当店一番人気』とＰＯＰの貼りついたチキンとドリンクを頼む。とりあえず瑠璃の分は無難なウーロン茶にした。チキンのほうは時間がかかるらしく、番号札と飲み物だけをもらい椿たちの席を探す。壁際の奥まった席に椿たちの姿を見つけ、

「チキンは少し時間がかかるってさ」

「あれ？　ショウじゃん？」

俺が座るのとほぼ同時に、聞き覚えのある声がした。

振り返ると、よく目立つ赤い頭――沙月《さつき》がトレーに骨付きチキンの山を載せて俺たちの席をまじまじと見つめていた。そのすぐ後ろでは、志乃《しの》が少し恥ずかしそうに、けれども好奇の眼差しをこちらに向けている。

「なにバッキーの他にも女連れて、いいご身分じゃ……って、氷結《ひょうけつ》の瑠璃姫《るりひめ》じゃねぇかっ！」

跳び上がるほどのやや大袈裟《おおげさ》なリアクションで驚く沙月にも瑠璃は動じず、コンコンとボールを跳ねさせ続けながら一瞥《いちべつ》する。

「ん？　私のことかしら」

抑揚《よくよう》のない声とともに顔を上げた瑠璃を見て、沙月は……俺を睨《にら》んだ。

「おい、ショウ。なんで瑠璃姫と三角デートなんてしてんだよ！」

「成り行きだ。というかデートじゃない」

なんで俺に向かって怒鳴るんだよ。

やかましい沙月と違って、志乃のほうは落ち着いた様子で瑠璃に声をかけていた。

「でも珍しいね。瑠璃が学園の外に出るなんて」

「そこの男に無理やり連れ出されたわ」

「志乃っち……瑠璃姫と普通に話せんの？」

「えっ？　どうして？」

「いや、だって……話すと体温が奪われて死ぬとか、心へし折られて死ぬとか、目を合わせると死ぬとか、ヤバイ噂《うわさ》を聞いたから……」

「そんなのただの噂だって。瑠璃も同い年だし、話せば案外普通だよ」

「そ、そうなのか？」

当たり前だろ。噂が本当だったら、毎日一緒に練習している俺は何回死ななきゃいけないんだよ。まあ練習後はいつもゾンビみたいになってるから、あながち間違いでもないのか……。

怯えることもなく普段どおりに話す志乃に促され、沙月もおそるおそるといった様子で瑠璃に話しかける。

「オレは鹿島《かしま》沙月、ヨロシク……」

「白鳳院《はくほういん》瑠璃よ。ところでさっきの氷結の瑠璃姫というのは私のことかしら？」

「え、あ、ああ……なんかみんなそう呼んでるぜ」

わずかに沙月の表情が強張《こわば》るが、瑠璃は気を悪くした様子はなく、それどころか口元にうっすらと微笑《びしょう》を浮かべて言った。

「そう……瑠璃姫ね。姫というのも悪くない響きだわ」

「……なあ、コイツ普通か？」

「あはは……ちょっと変わってるかもね」

ちょっとどころではないと思うけどな。

「でも氷結《ひょうけつ》の、っていうのはやっぱり違うと思うな～」

隣で椿《つばき》が声を上げた。

「ショウちゃんと打ってて、だんだん慣れてきたのかな？　瑠璃《るり》ちゃん、練習でも遊び心を加えた打球でショウちゃん走らせたり、わざと変化つけてショウちゃんの反応見て楽しんだり……意外と人見知りなだけかも」

「おい……それって俺のこといたぶってるだけじゃね？　やっぱり氷結がお似合いじゃ……」

「そんなことないと思うよ。初めて会ったときよりも、瑠璃ちゃん明るくなった気がするし」

「そうか？」

椿に言われて瑠璃の顔を見てみるが、

「なに見てるのよ。死にたいの？」

凍《い》てつくような視線が返ってきただけだった。どの辺が明るいんだよ……。

せっかくなのでみんなで一緒に食べることになったのだが、ボックス型の四人席に五人で座ろうとすると片側に三人座らねばならず、こちら側が正直狭かった。しかし女の子相手にそれを口にするほど俺も野暮《やぼ》ではない。

ただ隣でくっついている椿が妙に嬉しそうで……その奥に座る瑠璃の側に、もっと詰められるように見えるのは気のせいだろうか。

「ところで沙月《さつき》くんは、さっきまで練習とかしてたの？」

「違うわよ椿。外出するときもこれが私服みたい」

「へ、へぇ～、そうなんだぁ……女の子とのおでかけなのに……」

嘆息する志乃《しの》を見て、椿にしては珍しく苦い笑みを浮かべていた。

それというのも沙月の格好は、上下ともにジャージだった。とことんまで機能美を追求したシンプルな服装、そこに首からお財布《さいふ》をぶら下げるという一風変わった装いだ。

「まあ女子には理解できねぇかもしれないけど、男ってのは一歩外に出ればどこに敵がいるかわからねぇんだ。だからいつ襲われてもいいように、こうして動きやすい格好してるんだよ」

堂々と答える沙月に、椿は頭上に大量の疑問符を浮かべて首を捻《ひね》る。

安心しろ。男の俺でも今の話は理解できないから。

「う～ん。それでもちょっと、女の子と一緒に歩く服装としてはどうかな～」

「つーか首から財布ぶら下げてるとか、今どき小学生でもやらないだろ」

「甘いなショウ。都会は危険がいっぱいなんだぞ。こうしておけば財布の置き忘れや引ったくり対策として完璧じゃねぇか」

「……ダサいわね」

ぼそりと奥から冷たい呟《つぶや》きが聞こえた。

まさかの瑠璃にまでファッションセンスを否定された沙月は、

「そういうてめぇは……」

ギロリと鋭い視線を瑠璃《るり》に向けた。

さして気にも留めずに瑠璃は規則正しくボールを跳ねさせている。

そんな彼女に制服なんてセンスがないだの、食事の席でコンコンうるさいだの、マナーが悪いだの言うつもりだろうか……いいぞ、ガンガン言ってやれ。

俺の無言の声援を力に変えて、沙月《さつき》は力強い瞳で、

「こんな場所でも練習とは、やるじゃねぇか」

感嘆の声を漏《も》らした。

いや、恥ずかしいだけだから。お前なに言っちゃってんの？

「けど、いずれオレは瑠璃姫をも越える。覚えておきな！」

「沙月、ちょっと声が大きいわよ。お店の中なんだから静かにしてよ。それにたぶん、瑠璃を越えるとか無理だから……」

「言ってくれるじゃねぇか。『氷結《ひょうけつ》の瑠璃姫《るりひめ》』だかなんだか知らねぇけど、オレは遠慮はしねぇぜ！」

「……私は何も言ってないのだけれど」

ビッと指を突きつけられた瑠璃は無表情に呟《つぶや》く。と、その指がこちらにも突きつけられ、

「お前もだぞ。ショウ！」

「え、俺も？」

なぜか俺もライバル視されていた。

突然の宣戦布告《せんせんふこく》にも、瑠璃はあくまでマイペース。変わらぬ涼しい顔でラケットを操る。

「別に最初から遠慮なんていらないわよ」

「ふん、澄《す》ましたツラして……こいつはどうかな！」

ブゥンと沙月が水平に腕を振るうが、瑠璃は難なく避《よ》けてみせた。むしろ振り回した腕で危うく俺が手に持っていた飲み物をこぼすところだった。

何事もなかったかのように、瑠璃は平然とボールを跳ねさせ続けている。

「ほぉ、なかなかやるじゃねぇか」

「……そう」

沙月の中で瑠璃の評価が上がったようだ。

「お前もな、ショウ！」

「え、俺も？」

なぜか俺の評価も上がったようだった。

どうでもいいから店内ではもう少し静かにしてほしい。

「そういえば、志乃《しの》ちゃんたちもここにはよく来るの？」

「えっと……この辺りだと、結構有名なお店だから……」

「志乃《しの》っちが、美味《うま》いチキンの店があるけど女子一人じゃ入りにくいって言うから、オレも一緒に来たってわけよ」

「へぇ～、一人じゃ入りにくいからねぇ～」

ニヤニヤしながら椿《つばき》が言うと、志乃はほんのり頬《ほお》を赤らめ、ぷいっとそっぽを向いてしまう。

あんまり見るのも可哀相《かわいそう》な気がしたので、俺は沙月《さつき》の目の前に置かれたトレーのほうに目をやった。

「それにしたって、お前買いすぎだろ。どんだけ食う気だよ」

「だってめっちゃ美味そうだろ。ほら、見てみろよ！」

山積みのチキンを前にして、じゅるりと舌なめずりまで聞こえてきそうな沙月の興奮っぷりに、瑠璃がポツリと呟《つぶや》いた。

「……ヨダレを？」

「チキンをだよ！」

そう言って沙月は骨付きのチキンに豪快にかぶりつく。

隣の志乃はその様子を微笑《ほほえ》ましそうに眺めていたが、やはり気になるのかコンコン続く音のほうへと視線を向けた。

「それにしても椿と一緒とはいえ瑠璃《るり》が男子と出かけるとか、そんなこともあるんだね」

「違うよ！　これはデートとか、そういうんじゃないよ！　あたしもいるし！」

狭いながらも首をブンブン振って、椿は慌《あわ》てて否定する。

「うん……そこまで言ってないから。わかってるし……」

「ほら、ショウちゃん女の子には優しいから、逆に男らしくないというか、女の子っぽいというか、たまに女々《めめ》しいというか、卓球してるときはカッコイイけど、それ以外はわりと優柔不断でなよなよしてるから――」

おい、なにを口走ってる。そこまで言われると、さすがに俺もへこむぞ……。

「フッ、軟弱な男なのね」

どさくさに紛れて瑠璃にまで鼻で笑われた。おいこら。

まったく、ひどい言われようだ。あの約束があるため『女の子には優しくする』とはいえ、そこまで言われるとイラッとくるぞ。こいつらに男らしくビシッと、文句の一つも言ってやろうかと立ち上がると……。

「番号二番でお待ちの、骨なしチキンのお客様～」

「ほら、呼んでいるわよ」

「店員にまでバカにされてんのっ⁉」

どんなタイミングだよ！

もちろん店員さんは俺のことを『軟弱なチキン野郎』とバカにしたわけではなく、待たせていた注文ができたことを知らせてくれただけなのだが……。なんだかやるせない気持ちで注文したチキンを取りにいく俺であった。

この店一番人気というチキンは、柔らかい鶏肉と絶妙な揚げ加減、それに振りかけられた香辛料が見事なバランスで口の中に広がり、たしかに評判になるのも頷《うなず》けるものだった。

ファストフード店ということで、普段そんなものは食べないであろう瑠璃《るり》の口に合うか不安だったが、モグモグと咀嚼《そしゃく》し、無言で二つ目に手を伸ばしているので問題なさそうだ。

いや、問題はむしろ瑠璃のほうにあるか……。

「なあ……食事のときくらい、ラケット置けよ」

「でもラケットを握っていないと、落ち着かないわ」

気持ちはわかるけどさ……。

片方の手でラケットを操りながら、もう片方の手でチキンを食べる正気を疑う光景……瑠璃の食事が終わるまで、周囲からの好奇の視線が痛かった。

一通りのチキンを平らげた俺たちは相変わらずコンコンと乾いた音がする中、食後の談笑をしていたのだが、ふいに椿《つばき》が思い出したように声を上げた。

「あっ、あたしイチゴパフェまだ食べてないや」

この幼馴染《おさななじみ》はこの手のデザートが大好物なのだ。一緒に出かけると必ずといっていいほど食べている。まあ甘いものが好きなのは椿に限らず、女子全般に言えることかもしれないが……。

そんな椿に俺はいつも通りお決まりの台詞《せりふ》を口にする。

「太るぞ」

「ぶ～、ショウちゃんのいじわる～」

「まあまあ、ちょっとくらい太ったほうが、胸に脂肪もいきやすいって言うよね」

「そうだよね。でもやっぱり一人で食べると太りすぎちゃう気もするし……よし、瑠璃《るり》ちゃんも一緒に食べよう」

「なぜ私も入れるのかしら。そもそもイチゴパフェなんて……食べたこともないわ」

「ほんとに？　じゃあ食べよう。今すぐ食べよう。ショウちゃんヨロシク！」

「はいはい」

どうせ頼むのはわかりきっていたので、すでに腰は半分浮いていたようなものだ。カウンターに行きイチゴパフェを注文すると、たいして待つこともなくイチゴと生クリームが大量に入った器を受け取った。

席に戻り、椿と瑠璃のちょうど中間にパフェを置く。

「お先にどうぞ」

ニコニコと椿が促すと、瑠璃はラケットを持つ手とは反対の手でスプーンを握り、おそるおそるといった様子でパフェを口に運んで……パクリ……ハッと、目を見開いた。続けて二口目を食べると、蕩《とろ》けるように頰《ほお》を緩ませる。

どうやらお気に召したようだ。

「どう？　おいしいでしょ？」

問われた瑠璃《るり》はほんのり頬《ほお》を上気させ、静かにラケットを置くと、ゆっくりと味わうようにもう一度イチゴと生クリームがのったスプーンを口に含む。

「……悪くないわね」

じっとパフェの容器を見つめていたかと思うと、ぼそりと瑠璃は口を開いた。

「私は……今までこういった店に来たことも、ましてやこんなに大人数で騒がしい食事をしたこともなかったわ」

「大人数って、たかが五人だろ」

「やってみたいとも思わなかった。でも……」

「でも？」

「楽しいわね」

ずっと続いていたコンコンと乾いた音は聞こえない。かわりに氷結《ひょうけつ》などとは程遠い、温《ぬく》もりのこもった穏やかな声音《こわね》が聞けた。

ようやく瑠璃にも休息を与えることができたようだ。

高校生になって初めての日曜日はとても騒がしい休日で、しっかり休んで疲労が抜けたとは言いがたいが、それでもこんな休日も悪くはないと思えた。

第六章　白鳳院《はくほういん》瑠璃

小気味よい音を奏でながら、ボールが高速で行き交う。

一見規則正しくも聞こえるが、リズムはとてつもなく不安定。それでもリズミカルに聞こえるのは、互いに気持ちよく音を刻んでいるからだろうか。

「二人とも、ようやくダブルスらしくなってきたね〜。やっぱり一緒に出かけて正解だったね」

傍《かたわ》らで見ている椿《つばき》がしきりにうんうん頷《うなず》いている。

新入生歓迎のエキシビションマッチの前日。俺と瑠璃は最終調整と明日の作戦を確認するため、マシンを相手にダブルスのフォーメーション練習をしていたのだが……。

「どうかしらね。別にダブルスで無理に仲良くする必要はないし。パートナーの得意な打ち方や配球を理解していれば、自然と自分に利用できる球が見えてくるわ……それもパートナーにちゃんと力量があればだけれど」

「ほお……今までうまくいかなかったのは俺の戦術理解や力量不足が原因だと？」

「少なくとも私ではないわね」

「そこまで言うなら確かめてやろうじゃねぇか！」

「ただの確認作業になるわよ」

そうして瑠璃《るり》と台を挟んで向かい合い、気がつけばいつものように全力で打ち合っていた。

「……くっ」

「まだまだね。そんな攻めではハエが止まるわよ」

ラケットを口元に当て、嫌味《いやみ》つきでせせら笑う瑠璃。

勝とうが負けようが、明日の試合が終われば瑠璃と俺の協力関係はなくなってしまう。つまり俺がこの場所で練習するのも今日が最後ということになる。

今日で最後と思えば、この嘲笑《ちょうしょう》を受けるのも感慨深い……なんてことは全くない。

何度も打ち合ったが、一度もまともに勝てなかったのだ。このままでは勝ち逃げされる気分で、はっきり言って悔しい……悔しいので、少し言い返してやる。

「いや、止まらないだろ。普通に考えろよ、絶対止まらないから」

「じゃあ、ハエも打ち落とせないわよ」

言い直された。できるわけないだろ……と言いたいが、こいつにはできそうで怖いから聞かないでおこう。

「くっそ、どうして速攻勝負で負けるんだ？」

「あなたが反応にばかり頼っているからでしょ。相手の動きから打球を先読みすれば打ち返すのは簡単じゃない」

「それを完璧にこなすのって、相当難しいだろ」

「あなたが相手だと、簡単だわ」

このやろう……俺が単純だって言いたいのか。

「相手の身体《からだ》の向き、腕の振り、ラケットの面、それらを見て次に来る打球を予測するのよ」

「それくらいなら俺だって、一応やってるつもりだけど？」

「さらには相手の表情、眼球の動き、息遣いなどから相手の心を読み取るのよ」

「そんな気持………いや……本当にできんのかよ？」

気持ち悪い、と言いかけてなんとか呑《の》み込む。こいつも一応女の子だしな。

「気持ち悪さはあなたほどではないわ」

心読まれたっ⁉　女の子以前に同じ人間かよ……。

「まあショウちゃんが気持ち悪いのは仕方ないよね。卓球バカだし」

うんうん、と瑠璃に激しく同意する椿《つばき》。二人してバカにしてきやがる。

先日一緒に出かけてから、この二人は妙に仲が良くなった気がする。よく二人で話しているのを見かけるし、腹を割って、というか胸に関して不思議な仲間意識が芽生《めば》えたというか……うっ、なんだか冷たい視線を感じるのでこの件について考えるのはやめておこう。まあ仲が良いならそれでいいしな。

「それにしても……なんだかんだ言って、二人とも楽しそうに打つよね～」

「あ？　卓球は楽しいもんだろ？」

「そうじゃなくて、二人で打ち合うのが楽しそうっていうのかな……ちょっと羨ましい」

言われてみれば、最初のうちは機械のように冷たかった瑠璃《るり》の卓球も、近頃は感情の機微が現れているというか、心が弾むようなラリーができている気がする。

「打ってて楽しいか……意外と相性がいいのかもな……」

「じゃあ、瑠璃ちゃんも卓球バカなんだ」

「待ちなさい。私を彼と同レベルにしないで。ある程度技術がしっかりしていれば、相手に合わせることは簡単……」

「明日のダブルスもきっと上手《うま》くいくね〜」

「ちょっと、訂正しなさいよ」

ムッとふくれた顔を見せる瑠璃。マイペースな椿《つばき》に乗せられる彼女がそこにいた。たしかに卓球だけでなく瑠璃自身も、初めて会ったときよりも感情が豊かになってきたかもな。

「そういや、相手側の男子の代表ってどんな人なんだ？」

「聞いてもあまり意味はないわよ。全体的に高いレベルでまとまった人。特にこれといった弱点も見当たらないわね。それに厄介《やっかい》なのはやはり姉さんのほうよ」

「むこうの男子の代表ってことは、この学園のナンバーワンなんだろ？」

「ランキング一位の三年生は海外遠征中だから出ないわよ」

「そうなのか？」

「エキシビションはランキング二位の白鳳院紅亜《はくほういんくれあ》、それとランキング四位で二年生の前園一輝《まえぞのいっき》先輩が出てくると思うわ」

なんだ、学園最強の人とは戦えないのか。まあ今回は紅亜さんに借りを返すのが目的だしな。さすがに紅亜さんとランキング一位を同時に相手にするのは荷が重いだろうし。もちろんランキング四位でも油断はできないが…………ん？

「三位のヤツは出ないのか？　怪我《けが》してるとか？」

「出るわよ」

「だって今エキシビションに出るのはランキング二位と四位だって……」

「ランキング三位は私」

自慢するわけでもなく、さも当然のように人差し指を自分に向ける瑠璃。

「なっ⁉　お前だって、この間高校生になったばかりじゃないか！」

たしか直近の一か月の成績がランキングのポイントとして反映されるんじゃ……。

「私の場合、ここ数か月は海外の大会を転戦していて、とにかく出場できるものは全部出ていたから……。そのほとんどが高校生も出場する大会だったから、高等部のランキングのポイントにも反映されていたみたいね。春休みに学園に戻ってきたら四位になっていたわ」

「……それでよく高等部の人たちは納得したな」

直接対決もしていないのに、中学校を卒業したばかりの女子が上位にランク付けされているのだ。それを快《こころよ》く思わない人間も少なからずいるだろう。あれ……でもいま四位って……。

「ちなみに春休みに当時ランキング三位の前園《まえぞの》先輩に勝負を挑まれて、勝ったわ」

「……まじかよ」

それでポイントも抜いて、実力的にもランキング三位に相応《ふさわ》しいと、周囲を黙らせたのか。

選抜戦で瑠璃《るり》の試合だけ、上級生から異様に注目されていたわけだ。

「けど勝負を挑まれたってことは、やっぱり学園の外で大会出まくってポイント荒稼ぎするのを快く思わない人もいるんだな」

海外の大会でポイントを荒稼ぎするほど勝つのも容易じゃないだろうけど。

「前園先輩は、そういう人じゃないわよ。どうやらあの先輩は姉さんに挑戦したかったみたいなのだけれど『妹に勝ったらいいよ』と言われたらしいわ。姉さんへの嫌がらせで負けてもよかったのだけれど、わざと負けるというのはやはりよくないと思って」

「おおっ、お前なりに少しは相手のことを考えてたんだな。そうだよ、わざと負けるなんて相手に失礼だもんな」

「負けたら姉さんにバカにされる気がしたから」

「結局自分のことかよ！」

何にせよ、疑問は一つ解消された。瑠璃が専用の練習場所を持っていて、中等部時代ランキング八位の茨木《ばらき》が共用の練習場を使っている理由。同じランキング一桁《ひとけた》なのに、設備の差がありすぎておかしいと思っていたが、どうやらそういうことらしい。

中等部時代でのランキングではない。彼女は今現在、この学園で三番目の実力者というわけだったのだ。

それにしても今度の新入生歓迎のエキシビションマッチ、俺以外はみんなランキング上位者なんだよな……。

「なあ、俺って選抜戦の男子で優勝しただろ。今度のエキシビションにもし勝ったら、俺もランキング上位に入ったりするのか？　そしたら専用の練習場とかもらえたり、ラバー替え放題とか、なにか特典が……」

「残念ながらこの間の選抜戦は一年生だけの試合だから校内ランキングのポイント対象外よ。たしか明日のエキシビションは対象のはずだけれど、一試合だけのポイントなんてたかがしれてるでしょ」

結局たくさん試合をこなして、安定して結果を残さなければいけないのは世界ランクと同じ仕組みか。まあその日の調子や相手との相性とかもあるし、それが無難なシステムなのかもな。

そんなことを考えていると、入り口のドアが勢いよく開き、

「ハオハオー、瑠璃ちゃん元気ぃ？」

瑠璃の姉、白鳳院紅亜《はくほういんくれあ》が顔を出した。

「姉さん……何しにきたの？」

突然の姉の登場にも瑠璃《るり》の表情に変化はない。ただ静かに問う彼女の周囲から、ひんやりとした空気が流れてきた。

「そんな冷たいこと言わないで、ちっちゃい頃みたいに瑠璃ちゃんもハオーって返してよ〜。せっかく久しぶりに妹と卓球できるっていうのに、激励もしちゃいけないの？」

「だって敵だもの」

「うわっ、ひっどーい」

冷たくあしらわれてもニコニコとした笑顔を崩さない紅亜《くれあ》さん。傍《はた》から見れば瑠璃が子どもっぽい態度をとっているように見えるが、彼女からすれば長年目標にしてきた、明日全力で戦う相手が目の前にいるのだ。必要以上に敵視する必要はないかもしれないが、馴れ合う気にもならないだろう。

チラリと紅亜さんがこちらに視線を合わせた。

「どうやら無事に男子の代表になれたみたいだね。瑠璃ちゃんはともかく、正直キミがなれるとは思わなかったよ。まったく、編入生が代表とか、今年の新入生の男子はだらしないなぁ」

「まあ連中がだらしないかどうかは、試合が始まればわかりますよ」

「へぇ、それは楽しみ」

うふふと余裕の笑みを浮かべられても、ちっとも気にならない。

なぜなら再会したあの日、忘れられていたことのほうがずっと衝撃的だったから。その屈《くっ》辱《じょく》も、悔しさも悲しみも怒りも全部、明日ぶつけてやると決めたのだ。

ああ、そうだ。これだけは言っておこう。

「約束どおり、あんたに勝てるだけの力をつけて戻ってきたんで」

「ほぇ？　約束……？」

「六年前の借りはしっかり返させてもらいます」

「借りって、あたしなにか貸してたっけ？　六年前って……んん？」

小首を傾《かし》げてまじまじ俺を見つめていた紅亜さんは、やがて思い当たったのかポンと手を叩いた。

「どっかで見たことあるなーって思ってたんだけど……もしかしてキミ、六年前のあの男の子？」

ようやく思い出したか。

「明日勝って、あの日の約束を果たしますよ」

そう宣言するが、紅亜さんは俺になど興味なさそうに瑠璃に向き直った。

「瑠璃ちゃん、明日はお互い頑張ろうね」

にこやかに激励を送る姉を、瑠璃は冷たい眼差しで見据《みす》えていて、

「明日こそ、私が勝つわ」

「それ、いっつも言うよね。でも勝つのはあたしだよ」

「…………」

俺を無視して二人だけで絡みつくように視線が交錯《こうさく》し、やがてを笑みを浮かべた紅亜《くれあ》さんはくるりと方向転換した。

「まあいいや。じゃあね、ばいばーい」

手を振って、軽快に去っていく。

彼女が出て行ったドアを瑠璃《るり》はじっと見つめ続けていた。

「ハッ、シッ……サッ！」

断続的に響くその音は、一向に止《や》む気配はなかった。

もうかれこれ三時間は経《た》つんじゃないだろうか。紅亜さんが出て行ってからずっと、瑠璃は休むことなく練習していた。マシンから吐き出されるボールを規則正しくコーナーへ、機械のように弾き続けている。

すでに日は沈み、窓の外は暗い静寂が広がっている。途中で気を利かせて部屋の明かりを点《つ》けてやったのだが、瑠璃は反応すら示さなかった。

彼女の場合熱心に練習しているのはいつものことだが、今は目の色が違うというか、鬼気迫《ききせま》るというか、いつも以上に他人を寄せつけないオーラを発している。

「ほら、瑠璃ちゃん今日はこれくらいにしよ。イチゴ食べたいって言ってたでしょ？　晩御飯

のデザート用に買ってきてあるから一緒に食べよ」

イチゴが食べたい……だと？

「本当にこいつがそんな甘い乙女みたいなこと言ったのか？」

「あれ？　イチゴになりたいだっけ？」

「乙女すぎる！」

などという俺たちのやりとりに目もくれない。いつもならこの辺で冷めた視線が突き刺さるのだが、一体どうした？

決戦は明日だ。いい加減切り上げなければ、身体《からだ》に疲れが残る。それがわからない瑠璃《るり》ではないだろうに……。

「もう休めよ」

「…………」

強めに言ってみるが、返事はない。代わりに乾いた音だけが返ってくる。

いまさら緊張でもしているのだろうか。

「たしかに紅亜《くれあ》さんがこの学園を卒業したら試合をする機会は減っちまうかもしれないけど、まだ一年あるだろ。それに卒業しても卓球続けていれば……いつかは当たるだろ。そのときに勝てばいいんじゃないか？　別に今回は勝たなくてもいいって言ってるんじゃなくて、そんなに無理しなくても……」

「放《ほう》っておいて」

「ダメだよ瑠璃ちゃん。あんまり疲労を残すと明日の試合に影響が出ちゃうよ」

「うるさいわ……あなたたち、他人のことにやたらと首突っ込んで鬱陶《うっとう》しいし気持ち悪いわよ」

「ウザくてキモいとか、そんなこと言っちゃショウちゃんが可哀想だよ！」

「俺だけかよっ⁉」

「…………」

緊張を解《ほぐ》そうと試みたが、無視された。

「あのね瑠璃ちゃん。オーバーワークは怪我《けが》の原因になるからこの辺で……」

「自分の身体《からだ》のことくらい、自分が一番わかっているわ。そこのマヌケみたいなことにはならないから、放っておいて」

「…………」

「あんまりバカにすんなよ。俺は別にオーバーワークで怪我したわけじゃないし……」

「そうだったわね。あなたは遊びでふざけていて怪我したのよね。真面目《まじめ》に練習して怪我をするより、よっぽどマヌケだものね」

「おい、いい加減に……」

話す途中で背筋にひんやりとしたものを感じ、ハッとなって俺は振り返った。

そこでは細かく身体を震わせる椿《つばき》が、光彩の消え去った瞳で立ち尽くしていた。俺のことなど見ていない。その視線はただ一点、瑠璃《るり》だけをじっと見据《みす》えている。

「ちょっと……瑠璃ちゃん。なんにも知らないくせに、ショウちゃんを悪く言わないで」

「マヌケをマヌケと言って何が悪いの？　遊びでふざけて選手生命を左右するような怪我《けが》をしたとか……」

「違うから！」

部屋中を振動させるような大声で、椿《つばき》が叫んだ。普段のにこやかな彼女からは想像もできないような、悲痛な面持《おもも》ちだった。

わずかに目を見開いた瑠璃が顔を上げる。

「何が違うのかしら？」

「……マヌケは、あたしなんだよ。あの日ふざけていたのはあたしで、ショウちゃんはあたしを助けようと、それで怪我して……だから悪いのは全部あたしで……」

「おい椿、余計なことは言わなくていい」

「でもショウちゃんがこんなに言われて……」

「いいから黙ってろ！」

声を荒らげて、それ以上言葉を発するのを許さない。

誰も何も言わなかった。沈黙が場を満たす。

次の言葉を誰もが探しあぐねる中、静寂を破ったのはやはり瑠璃だった。

「……どうでもいいわ」

　小さく吐き捨てて、練習を再開する。

　瑠璃が動くたびに首筋を伝う汗の雫《しずく》が滴《したた》り落ちる。長く続けていれば足元が滑《すべ》ることもあるだろう。だがそれすら気にせず、彼女は練習に没頭していた。何かに取り憑《つ》かれたように、まとわりつく不安を払うかのように、一心不乱にラケットを振り続けている。

　これ……緊張じゃあないな。

　怯えるようなこの姿を、俺は知っている。

「何をそんなに焦っている？」

「…………」

　返事はない。けれどわずかに歪《ゆが》んだ表情が、あながち的外れではないと教えてくれた。

　思い返せばそれは今に始まったことではない気がする。初めて会ったときからずっと、彼女は一分一秒を惜しんでひたすらに練習していた。

　少しやりすぎなくらいだ。こんなに気負わず、もっと卓球を楽しんでもいいと思う。

「椿も言ってたけど、無理して怪我でもしたら意味ないだろ。明日の試合をふいにするどころか、今後の卓球人生に影響が出るぞ」

　ビクッと瑠璃の動きが止まった。

　ようやく伝わったらしい。やはり一度大怪我をした俺が言うと説得力があるのだろうか。嬉しいような悲しいような……。

首を回してこちらを見た瑠璃《るり》は、肩で息をしながらぼそりと呟《つぶや》く。

「…………ないと言ったら？」

「え、なんだって？」

「……私に今後の卓球人生なんてないと言ったら、どうする？」

乱れた呼吸の中から聞き取れた言葉は、到底聞き流せるものではなかった。

「……どういうことだ？」

卓球人生がない……やめるってことか？　あれだけのものを持っていながら？　嘘《うそ》だろ。信じられるか。だってお前はどこも悪くなくて、それなのにやめるなんて、理解できない。

真偽を問う俺の視線を受け止めて、瑠璃は意を決したように口を開く。

「姉さんね。今年から中国のプロリーグに参戦することが決まっているのよ」

「プロリーグって……しかも中国の……だと？」

海外で活動する日本人選手の多くはヨーロッパでプレーをしている。理由としては向こうには多くのプロチームがあり一部リーグだけでなく、二部三部リーグまであるため、比較的日本人選手でも受け入れてくれる環境が整っているからだ。

対して中国は、説明不要の世界最高峰リーグ。正真正銘、化け物たちが集う場所。そこは日本人に限らず、ほとんどの外国籍選手は受け入れてはもらえない。

そこに日本人の、しかもまだ高校生が参加を許されるなど……。

瑠璃が一度も勝てないほどだ。強いとは思っていたが、よもやそこまでの力を身につけているとは。

あらためて白鳳院紅亜《はくほういんくれあ》という存在の強大さに、息を呑《の》んだ。

「その準備のために四月だけはこの学園で練習をする。その話を聞いたから、私もヨーロッパ遠征から戻ってきた。姉さんが日本にいるうちに、戦っておかなければいけなかったから」

「まあお前が紅亜さんにこだわってるのはわかったよ。けどそれとお前が卓球やめるのと、どう関係があるんだよ？」

「…………約束したのよ」

小さく息を吐いてから、瑠璃はこちらの目をまっすぐ見つめて言った。

「幼い頃からずっと姉さんは私の目標で、私の前に立ちはだかる壁だった。何度も何度も挑んだわ。けど、一度も勝てなかった。いつも姉さんは私の前にいた。どんなに努力しても自分が勝てない相手がいるなんて認めたくないじゃない。だからしつこく挑んでいたら、あるとき姉さんに『あたしに勝とうなんて三年早いよ』なんて言われたわ。それがあまりに悔しくて『三年以内に姉さんに勝ってみせる。できなきゃ卓球やめる』って、私は言い返したの。姉さんには笑われたわ……」

「おい、もしかして……」

「その日から、明日でちょうど三年よ」

まさか、と思った言葉を瑠璃《るり》は口にした。

だから明日は絶対に負けたくないと、負けたら二度とラケットを握らないと？

勝手に戒め作って、自分で自分の首絞めて苦しんでいるとか……。

「なあ、そんな思いつきで口にしたような言葉にマジにならなくても……紅亜《くれあ》さんだってたぶん覚えてないぞ」

俺との約束ですら忘れていたくらいだからな。

考え直すように瑠璃に言い聞かせるが、

「そうでしょうね。あんな性格だもの」

「だったら卓球やめるとか……」

「でも、私は言ったのよ。姉さんが覚えていなくても関係ない」

あまりに真剣な彼女の瞳に、思わず気圧《けお》された。

「口にした瞬間に、それは私の中で約束になった。私にとって卓球での約束は絶対。無かったことにはできない、してはいけないことなの」

それは氷結《ひょうけつ》の瑠璃姫《るりひめ》と呼ばれるに相応《ふさわ》しい、気高く凛《りん》とした表情だった。

くだらないと、バカみたいだと言えなかった。

その気持ちだけは、何よりも理解できてしまうから。

かける言葉は見つからず……それでもなんとか声を絞り出す。

「もし負けたら、卓球やめて……それで、どうするんだよ？」

「…………さあ？　美味《おい》しいものを探しに世界中を旅するのも悪くないわね」

冗談のように瑠璃は肩をすくめるが、とても笑えなかった。どこまでが本心かはわからない。けれど彼女の流す汗の量が、どれだけ本気かを物語っている。

汗を拭《ぬぐ》って、瑠璃は練習へと戻った。

疲労は確実に蓄積されているはずなのに、強靭《きょうじん》な精神力で身体《からだ》が休むことを許さない。今勝たなければこの先などない……だから怪我《けが》も怖くないと。

いつだったか、瑠璃と椿《つばき》が練習について軽く口論になったことがあった。二人の主張がぶつかり、そのときは結果として瑠璃が引いたが、二人は合わなくて当然だ。互いに見ているものが違うのだから。

椿はずっと先の未来を見据《みす》えていた。

瑠璃は目の前の勝利だけを欲していた。

先のことなど考えず、今という一瞬を必死に生きていたのだ。

彼女の瞳には強い意志がこめられている。

「……その意志の強さが、お前の強さの源か。どうりで強いわけだな」

「当然よ。私は頑張った。弱音を吐かず、周りに合わせず、腐らず、めげず、自分を殺して……だからあと一歩が足りなかったなんて思いたくない。やれることは全部やり尽くす。このすべてが無駄になるのだとしても、後悔だけは絶対にしたくないもの」

今度は話しながらも、ラケットを振る手は止めない。

後悔だけはしたくない……か。

まったく……これだから……。

どんなにボロボロになっても、最後の一滴まで絞り出そうとするその姿勢。

この姿を俺は知っている。とてもよく知っているのだ。

いきなりダブルスのパートナーになれと言われて、どうして引き受けてしまったのか。女の子には優しくするだとか、そんな理由ではなかった。

こいつを放《ほう》っておけなかったのは、どっかの誰かさんに似ていたからだ。

見えない明日へ必死に手を伸ばす瑠璃《るり》の姿は、リハビリをしていたあの頃の俺にそっくりなのだ。

もう無理だと言われた、卓球はやめるように促された。それでも諦めきれなかった。

どんなにつらい練習でも耐えることができるのは、練習のつらさよりも卓球を失うことのほうが怖かったからだ。今の瑠璃も同じなのだろう。

なら、一つ問いたい。

「お前がそんなに卓球に一生懸命になる理由は何だ？」

彼女が何を想って卓球をしているのか、その心を支える根幹が何なのか知りたかった。

「どうして卓球？　よく言われたわ。私ならどんなスポーツでもそれなりに結果を残せるという自負もある。だからそう尋ねる気持ちもわかるけど……」

さも当然のように、そんなことを言う。憎らしいが今はそのまま先を促した。

「けど？」

「他人が聞いて納得できる答えなんて持ってないでしょ。それともあなたは持ってるの？」

「……いいや、そんなもんはないな」

「でしょ」

それはどんな答えよりも、納得できる気がした。

サッカーでも野球でもない、卓球を選んだ。決して花形とは呼べないスポーツだ。

俺の場合は何故《なぜ》だろう。実家が卓球場をやっていたせいもあるが、一番最初に触れたのが卓球だったから、何より先に卓球の楽しさに気づいてしまったからかもしれないな。それを他人に伝えたところで、サッカーのほうが面白い、と魅力を語られてしまうだけだ。

理解を共有できる者などほとんどいない。

「ただしいて言えば、私の存在を証明したかった。白鳳院《はくほういん》じゃない、ただの私の存在に気づいてほしかった。そんなところかしら」

自然に零《こぼ》れた言葉だと思う。それは鋼鉄の仮面を剥《は》ぎ取った、素直な本音にも聞こえた。

だから俺も正直に思ったことを返してやる。

「なら、大丈夫だ」

「は？　あなたに何が……」

「大丈夫だ。俺はこの学園に入学してから、お前の存在を一番近くで感じている。目眩《めまい》がしそうなほどの強烈な存在感だった」

「あ、あなた、何を言って……」

「夢にまで出てきたことがあるくらいだ」

「ちょっ、いきなり困るわ、そんな……」

「トラウマになりそうなくらいだ」

「…………」

瑠璃《るり》が手にしたラケットがパコッと情けない音を出した。マシンから吐き出されるボールを打ち返すだけなのに、瑠璃にしては珍しい打ち損ないだった。

「ごめんなさい。最後のほうはよく聞き取れなかったわ。もう一度言ってもらえるかしら？」

一見優しい口調だが、なんだか妙に背筋が冷える。

あれ……俺なんか変なこと言ったっけ？　思ったままを口にしただけなんだけど。もしかしたら、わかりにくかったか。もう少し具体的に、えーっと……。

「無理やり俺にパートナーになれだの横暴で、俺の意見なんかちっとも聞かないほど頑固で、練習でミスすると殺されそうなほど睨《にら》まれるし、すぐ毒吐くし、血が通ってないんじゃ……っと、サディスティックな……よっ……ぺぎゃっ！」

瑠璃が打ち返したボールがことごとく俺に襲いかかり、三球目にして俺の顔面を捉えた。

「ごめんなさい。手元がズレたわ」

「嘘《うそ》つけ！　お前が三球も続けてこんなミスするわけないだろ。ズレてるのは性格だけにして……おごぉっ！」

「ごめんなさい。汗で滑《すべ》ったわ」

ラケットが飛んできた。

ほら、俺の口は真実を語っていただろ。事実を正確に伝えていただけなのに……と、再び猛烈に寒気が襲ってくるのは、気のせいだろうか。

「ま、まあ、それくらい強く俺の心に残ってるってわけだ。存在感バッチリだぜ」

「……そう」

無表情で呟《つぶや》く、透徹《とうてつ》としたその瞳。拭《ぬぐ》った汗を手で払う、凛《りん》とした佇《たたず》まい。

ようやくいつもの調子に戻ってきたな。

さて、じゃあ今できることを精一杯やるか。

「とりあえず、今日はもう休め。言うことを聞かないならラケットは返さない」

「諦めろって？」

「今日の練習はな。明日は思う存分この学園の連中に、紅亜《くれあ》さんに、お前の存在を見せつけてやるぞ。椿《つばき》、頼む」

「えっ、あ……うん。任せてよ。あたしのマッサージで疲労なんて残さないんだから」

ぼけっとしていた椿がハッと我に返り、くいっと腕まくりをする。

「あたしだってこの学園に来てから瑠璃《るり》ちゃんのこと見てたよ。だから……頑張ろうね！」

「勝ちにいくぞ」

「……最初からそのつもりよ」

先日の俺を真似たつもりだろうか？

フンと鼻を鳴らすその姿は、どこまでも偉そうだった。

第七章　決戦！　エキシビションマッチ

準備を整えて椿と試合会場である第一体育館へと続く廊下を歩いていると、ざわついた空気がここまで届いてきた。

胸の鼓動は速く、落ち着かない。手足の動きが鈍い。重苦しい空気が身体《からだ》に纏《まと》わりついていて、肺の中にまで流れ込んでくるような錯覚に陥る。

女子とはいえ本物のトップ選手が相手だからか、負けても自分一人の責任だったシングルスとは違うからだろうか、今までよりも緊張しているのが自分でもわかった。

そわそわとした足どりで歩を進めていると、廊下の先に三人の人影が見えた。

「よっ、負けても骨は拾ってやるから安心していってこいよ」

「こら沙月《さつき》、縁起でもないでしょ。わたしたちは応援してるから、頑張って！」

二本指をこめかみに当てニヤリと笑みを浮かべる沙月。そのわき腹を小突きながら志乃《しの》は真顔で拳《こぶし》を握っていた。

わざわざ激励を言うために待っていてくれたらしい。そして……。

「遅いわよ」

冷たいけれど、澄《す》んだ綺麗《きれい》な声が耳に届く。

今日の俺のパートナー、白鳳院瑠璃《はくほういんるり》がそこにいた。すでにユニフォームに着替え、廊下の壁に背を預けながら鋭い視線をこちらに向けてくる。

昨日の焦りが嘘《うそ》のように瑠璃は静かな表情をしていた。緊張していないわけではないだろう。手にしたラケットをしきりに握り直しているし、その頬《ほお》は薄《う》っすらと上気している。だがその瞳に迷いは見られない。覚悟を決めた表情だ。

そうだよな……今さら怖《お》じ気《け》づいたり慌《あわ》てたりしたって仕方ないか。今日のためにやるべきことはやってきたはずだ。ならば今日まで積み重ねてきた自分を信じることしか、俺にできることはない。

「わりぃ、ちょっとテーピングに時間かかってた」

「てっきり大勢の前で恥をかきたくなくて逃げ出したのかと思ったわ」

「バカ言うな。俺にとってもずっと戦いたかった相手だ。楽しみで昨日はなかなか眠れなかったくらいだよ。それに卓球好きはいくら相手が強くても逃げたりしない。つーか相手にビビッて逃げるほうがよっぽど恥ずかしいだろ」

「それもそうね」

空元気《からげんき》だろうがなんだろうが、試合前は強気でいくものだ。

不敵な笑みを浮かべてみせると、瑠璃も微笑《びしょう》で応えてくれた。

「どうせアレだろ。ショウはしっくりくるパンツ選ぶのに時間かかってたんだろ？」

「え？ なんでショウちゃんが大事な試合のときは勝負パンツ穿《は》いてること知ってるの？」

むしろなんでお前は知ってるの？

沙月《さつき》と椿《つばき》のどうでもいいやり取りに、瑠璃が呆れた視線をこちらに寄越す。

「なに？ パンツなんて穿いてるの？」

「……お前は穿いてないの？」

「ここぞというときはね。どんな些細《ささい》なことだろうと勝つためにできることはすべてやるわ。それがノーパンだろうと。当然でしょ」

ノーパンが当然なのかよ……。

若干引いていると、瑠璃は不満げな表情で唇《くちびる》を尖《とが》らせた。

「なによ、知らないの？ オリンピックのメダリストも輩出した北の強豪では『試合でパンツを穿かない』伝統があるそうよ。おそらくそうすることで股関節《こかんせつ》の可動域を広げられるのと、食い込みやパン線を気にする必要がなくなり相手よりも精神的優位に立てる効果が期待できるから……」

「あー、その噂《うわさ》なら俺も聞いたことあるけどさ、それってただの都市伝説らしいぞ」

「え？」

きょとんと固まる瑠璃に、俺が聞いた話を教えてやる。

「パンツ穿かないヤツもいるってだけで、その学校でもだいたいのヤツはパンツ穿いて試合してるそうだ」

「…………」

「だからお前もパンツくらい穿《は》けば？」

「……すでに破り捨ててきたわ」

「どんだけだよ！」

叫んで肺の中を空っぽにしたら、少しだけ身体《からだ》が軽くなった気がした。


試合会場の第一体育館は人で埋め尽くされていた。

新入生歓迎のエキシビションは学校行事の一つなので、卓越《たくえつ》学園の生徒全員がここにいることになる。海外遠征とかでいない人もいるらしいが。

それに加えて関係者や外部の取材なんかも今年は例年以上に多いらしいと、さきほど志乃《しの》が言っていた。まあ彼らの目当ては白鳳院《はくほういん》姉妹だろうから、俺には関係ない。

すでに対戦相手の二人はコートの中央で待ち構えている。ニコニコと観衆の下でも緊張を感じさせない白鳳院紅亜《くれあ》と、隣に立つ浅黒い肌をした男。

「よっ、二年の前園《まえぞの》だ。よろしく」

「どうも。飛鳥《あすか》です」

差し出された手を握り返すと、前園さんは空いた左手で俺の腕をぺたぺたと触れ回り「ふむふむ」と一人納得したように頷《うなず》いた。

「……？」

「なるほど、腕はそれほど太くはないが締ったいい筋肉がついているな。卓球界からは姿を消していたが、練習は怠っていなかったクチか」

どうやらこの人も、かつての俺を知っているようだ。なら昔と違う戦型で意表を突けるだろうか。

前園さんはチラリと瑠璃《るり》にも視線を送るが、彼女のほうはここに来てから一直線に、紅亜さんしか目に入っていないようだ。

「今年は白鳳院妹と、あの『音速の鳥《ソニックバード》』が代表か。こりゃあ、ちとやべぇな。こっちは負けられないってのに……」

困ったように頭をボリボリ掻《か》く前園さん。

新入生に負けたとあってはプライドに関わるのだろう。だが、そんなことは俺たちの知ったこっちゃない。勝つために、ここにいるのだから。

「お前さ、毎年このエキシビションマッチをやる理由って、知ってるか？」

突然前園さんは周りに聞こえないような小声で、そんなことを聞いてきた。

「新入生の歓迎会みたいなものじゃないんですか？」

「そうなんだけどさ。今年は相手がお前らだから例外かもしれないけど、普通に考えたら俺たち高校二、三年と中学卒業したばかりの連中が試合をしたところで、俺たち側にメリットなんかないだろ。それなのに毎年このエキシビションでわざわざランキング上位者が出てくる理由、わかるか？」

「……そのほうが盛り上がるから？」

「違うな。俺たち上級生と新入生の実力差を見せつけるのが目的なんだ。特に中等部でランキング上位だった連中ってのは、自信過剰なヤツが多いから」

なるほど。そこで新入生でもナンバーワンの男女ペアを圧倒して、自信やらプライドやらを粉々にするのか。新入生たちに『自分たちはまだまだだ』って思い知らせるのが目的なのだろう。そのために高等部のランキング上位者がわざわざ出てきてくれるらしい。

「こっちは負けちゃいけないんだ。だから俺は全力でやるから、覚悟しておけよ」

真正面からの清々しいほどの宣戦布告《せんせんふこく》だが、思わず笑いがこみ上げてくる。

「今年に関しては、その心配はいらないと思いますよ」

だって今年の新入生のほとんどはもう、瑠璃《るり》に完膚《かんぷ》なきまでに叩きのめされてますから。俺もだけど……。

試合は選抜戦と同様、３ゲームマッチの短期決戦だ。

前園《まえぞの》さんが言っていたように毎年上級生が一方的に試合を進めるため、５ゲームもやると退

屈になってしまうのと、試合に参加していない生徒の中には自分の練習をしたいと思う者も多く、それらを考慮した上での3ゲームらしい。まあ今年は退屈なんかさせないけどな。

台についたときには緊張はある種の覚悟に変わっていた。それでも反対側から上級生たちがこちらを呑《の》み込むようなビリビリとした威圧感を放ってきて、わずかに気後れしそうになっていると、

「いくわよ。やることはわかっているわね」

凍《い》てつくような鋭い視線は前方に向けたまま、瑠璃《るり》が呟《つぶや》いた。

相手が格上だろうが気持ちでは絶対に負けない、という瑠璃の気迫が伝わってくる。

ふつふつと肌の下で血液が粟立《あわだ》ってくる。隣に瑠璃がいることがなにより心強い。

「ああ、打ち合わせどおりに行くぞ」

力強く頷《うなず》き、俺も真正面を見据《みす》えた。

サーブ権はこちらから。

高く上げたボールを瑠璃が巻き込むように打つと同時に、俺は前に出た。

卓球のダブルスでは、同じ選手が続けて打つことは禁止されている。つまり選手は必ず交互に打たなければならないのだ。

台にぶつかるほどの前傾姿勢。前園《まえぞの》さんの返球の跳ね際を叩きつけるように打ち返す。ダブルスだろうが俺の戦型は変わらない。ひたすら攻める前陣速攻《ぜんじんそっこう》。結局これしか俺にはできない

のだ。

あまりに速い返球に紅亜《くれあ》さんの反応が遅れる。

「1－0」

まずは挨拶代わりの先取点だ。

「うわぁ、すごいリターン」

「感心してる場合じゃないでしょうが。次、来ますよ」

台の向こう側で上級生二人は動揺しているようにも見えた。

続けて瑠璃がサーブを放ち、前園さんが受ける。そして俺の番だ。高速の三球目攻撃。

しかし紅亜さんはあっという間に打球に追いついた。

だが、甘い。

ラケットに触れる直前、打球が揺れるように動き、

「っ⁉」

弾かれたボールが宙を舞った。よしっ、絶好球だ！

緩い返球を瑠璃は容赦《ようしゃ》なく叩きつけた。

「あらら？　あの速度《ピッチ》で回転も掛けれるの？　まいったねぇ」

点を取られたはずなのに、紅亜さんはケタケタと笑っていた。

「紅亜さん、真面目《まじめ》にやってくださいよ」

「わかってるよ。もう、ゾノちゃんは怖いなぁ」

「そんな余裕ぶってられる相手じゃないんで」

「瑠璃《るり》ちゃんにはこの間負けてるもんね」

「うっ……でもそれだけじゃないですよ。男子のほうもかつて『音速の鳥《ソニックバード》』って異名で呼ばれていたヤツなんですけど、俺の知ってる『音速の鳥《ソニックバード》』とは全然違います。あの速攻に慣れるには少し時間がかかりそうです」

「そうなの？　じゃああたしが頑張らないといけないのか」

「頼みますよ」

スッと前園《まえぞの》さんが高めのトスを上げる。落下するボールを擦《こす》るように、腕を上から下へと振り下ろす。緩やかな放物線を描くそれは、カットサーブ。速度はそれほどないが、変化の大きいサーブだ。

台の上で跳ねたボールがググッと曲がる。それでも俺は難なくラケットで捉えるが、打った瞬間に気づいた。

あ……まずいな。

すぐにわかった。打ち所がわずかにズレたのだ。

打球はしっかりと相手コートに返っていく。本来ミスとも呼べない些細《ささい》なこと。だが今日の試合に限っては、ただラケットの面で捉えるだけではダメなのだ。少しのズレも許されない。

なぜならば、次に打つのは『紅の魔女』なのだ。

紅亜《くれあ》さんが嬉々《きき》として腕を振るった。

放たれた打球が対角線を深く抉《えぐ》ってくる。狙いはこちらのフォアサイドか。

すかさず瑠璃が床を蹴って手を伸ばした。

これならば、追いつく。そう思ったが、腕を伸ばした瑠璃の手元で異変が起こった。重力に従い台に落ちたボールがギュンッと、さらに外へと逃げるように曲がったのだ。

捉えはしたがラケット面の端に当たったボールはポコッと情けない音を立ててあらぬ方向へと飛んでいった。

一目でわかった。

これが、白鳳院《はくほういん》紅亜が魔女たる所以《ゆえん》。

意志を持ったように動くと呼ばれる彼女の必殺ドライブ『嘲笑の魔球《ラフィング・マジック》』。

事前に瑠璃から聞いてはいたが、たしかにこいつはふざけた曲がり方だな。

「すまん、ミスった」

「いいわ。打球に慣れるためにも、早い段階で見られたことをプラスに捉えましょう。姉さんの気分やその日の調子によって変化が違うし。今日はどれくらいの回転か、ある程度見る必要もあったから」

あの技は相手の打球の回転を利用して打ってくるものらしい。なので回転のないフラットシヨットでアレを打たせないのが魔女攻略の第一歩なのだ。ただ打ち損ないとはいえ、たいした回転は掛かっていなかったはずのに、それでも打てるのか……。

「悪いな。次はあんなきれいには打たせねぇから」

「それでも完全に封じるなんてできないでしょ。心配しなくても、私が姉さんの打球の変化も読んでみせるわ」

「ほんと、お前は頼りになるな」

「大丈夫よ。落ち着いていきましょう。むこうも慌《あわ》てているわ」

「そうなのか？」

俺には全然わからないが、妹でありずっと固執《こしつ》してきた瑠璃《るり》には何か感じるものがあるのだろうか。

瑠璃はじっと姉のほうを見つめ、小さく頷《うなず》く。

「……わからないわ」

「テキトーかよ！」

なんだよ、今までの攻防でなにか相手を慌てさせる攻撃があったのなら、それで徹底的に攻めてやろうと思っていたのに。

ぬか喜びをさせるパートナーに突っ込みを入れるが、瑠璃は涼しい顔でそれをやり過ごし口元に薄い笑みを浮かべた。

「けど、私たちは予定通りでしょ」

「……まあな」

小さく息を吐き、ラケットを構える。

さあて、作戦開始といきますか。

とはいえ、たいそうなものは用意していない。ただ俺たちにできることをやるだけだ。

こちらは絶えず無回転の打球を放ち紅亜《くれあ》さんに『嘲笑の魔球《ラフィング・マジック》』を打たせない。それでも全ての打球を完全な無回転にするなど不可能だ。時折わずかな回転が掛かり、そこを紅亜さんに狙われる。だが、

「シッ」

瑠璃の一振りが『嘲笑の魔球《ラフィング・マジック》』を捉える。

言うほど簡単に返せるボールではないはずだが、これを返すために瑠璃はずっと準備をしてきたのだろう。その努力が間違っていなかったと、証明するために彼女は戦っているのだ。

それとこの学園に入学してからずっとともに練習してきた、俺たちだけの武器がある。むこうはあくまで即席のダブルスチームだが、こっちは違う。期間は短いが今日のためにしっかりとダブルスの練習を積んできた。

その成果の一つとして。今の俺にバックの弱点はない。シングルスだとフォアの後にバックを攻められると切り返しで膝《ひざ》に負担がかかるため深追いできないが、ダブルスならばその心配

はない。ルール上、パートナーが交互に打たなければいけないため、一球ごとに立ち位置を元に戻せるからだ。そのための連携も深めてきた。故にこの試合に関しては、膝《ひざ》の心配はいらない。俺はすべての打球に反応できる。

純粋に個人の力量でいえば、瑠璃《るり》は紅亜《くれあ》さんにはまだ敵わないかもしれない。俺に関して言えば、シングルスで前園《まえぞの》さんに勝てるかどうかもわからない。

けれどこれはダブルスなのだ。互いの短所を補い、長所を生かしあってこそダブルスだ。

もちろんこれではあの夏の借りを返したことにならないかもしれないが、俺たちの目的はまず目の前の勝利だ。紅亜さんが遠くへ行くのだとしてもこの先卓球を続けていれば、いずれまたどこかで会うだろう。俺個人の借りはその時にでも、きっちり返せばそれでいい。

「11－9。1st《ファースト》ゲーム、飛鳥《あすか》&白鳳院《はくほういん》瑠璃ペア」

接戦の末、なんとか最初のゲームを先取。

「ッシャアア！」

声をあげてガッツポーズ、と同時にチラリとパートナーに視線を送る。瑠璃が片手を挙げてハイタッチを待っている、なんて姿をかすかに期待してみるが、彼女は台にラケットを置いてスタスタとベンチに向かって歩いていた。

1ゲームとったくらいでは喜べないか。試合内容もギリギリだったし。

俺も余裕なんかないけど、こうしたほうが気持ちが昂《たかぶ》るんだよ。次のゲームも取るぞ、って勢いもつく気がする。

瑠璃はといえばタオルで汗を拭きながらもチラチラと相手ベンチを気にしていた。こっちはこっちで次のゲームに意識がいっているのかもしれない。

まあ元々ハイタッチなんかするようなキャラじゃないか。けどこの試合に勝ったら無理やりにでもしてやろうかな……そのとき彼女は一体どんな顔をするのだろう。

密《ひそ》かな楽しみを胸に抱きつつ俺も腰を落として汗を拭いていると、椿《つばき》が声をかけてきた。

「ショウちゃん、膝の調子は？」

「大丈夫だ」

「そう、ならいいけど……無茶しちゃダメだよ」

「わかってるって」

汗を拭いたタオルを椿に預けて台へと戻る最中、

「気をつけなさい。先制はしたけれど、何かしら対策を立ててくるはずだわ」

黙っていた瑠璃が静かに告げてくる。

「ふん、そうこなくちゃな」

そして第2ゲームへと突入する。

相手のサーブ。紅亜さんがふわりとトスを上げる。

高いな……既定の十六センチよりも、遥《はる》かに高いトス。ボールが落ちてくるまでの時間が異様に長く、その間に相手がどんなサーブを打ってくるのか、その腕の動きを注視する。

はたして紅亜《くれあ》さんの二の腕は……ピクリとも動かなかった。

落下していたボールがヘソのあたりに差しかかる瞬間、ものすごい勢いでボールがこちらに発射された。

手首だけでのロケットサーブ。押し出されるように放たれたサーブは低い弾道で、ミサイルのように一直線に迫ってくる。一見手打ちに見えるが、腕の振りの代わりにトスの落下速度を加えているのでその威力は充分だった。

唐突なサーブに虚を突かれるが、直線的で速いボールはむしろ歓迎だ。ダブルスの特性上、二人が交互に打つ必要があるので、あまりにも速いカウンターが来ると次に打つ人間が反応できないことが多々ある。

つまりは相手が速いボールで攻めてくれれば、俺の前陣速攻《ぜんじんそっこう》がより効果的になるのだ。ミサイルのようなサーブを勢いそのままに相手コートにカウンターで打ち返す。

だが、その先では前園《まえぞの》さんが待ち構えていた。

「うぅらぁっ！」

カウンターの、さらにカウンター。さすがに三連続で続く高速の打球は瑠璃《るり》でも拾えなかった。

最初に俺たちがやったのと同じ、三球目攻撃。ただそれをさせないために俺は二球目を攻めたつもりだったのだが、むこうは俺が攻めたはずの二球目からいとも簡単に攻撃に転じてきた。

「これでも先輩なんだぜ。お前程度の速攻で押し切られてたまるかよ」

ちっ……さすが高等部のランキング四位。前陣速攻二の型『瞬速の豹《クイック・パンサー》』の速度でもしっかりついてくるか……。

再び高いトスから、紅亜さんのロケットサーブ。

前に出て打ち返そうとするが、台の上で跳ねたボールがクンッとその進路を変える。

「くっ!?」

さっきと同じ打ち方だったくせに、微妙な変化とか加えるんじゃねぇよ。

サービスエースなどさせはしない。だが跳ね際を狙っていたため、変化した打球はラケットの中心からは大きく外れた。ポコッとマヌケな音を奏でて宙を舞ったボールを、続く前園さんが強打する。後ろに下がった瑠璃が、なんとか打球に追いついた。

山なりの返球は相手側でしっかりと跳ね……上がらない。その弾道が急激に沈みこんだ。

ギリギリで打ち返したと見せかけて、おそらく強烈な上回転を掛けたのだろう。さすが氷《ひょう》結《けつ》の瑠璃姫《るりひめ》、えげつない。だが、

「甘いよ～ん」

手元で鋭く沈んだにもかかわらず、紅亜さんは難なく返してきた。

そしてその打球が、俺の手元でぐにゃりと曲がる。

「くっ……」

回転に負けて、俺の返球がネットに引っかかった。

やはりこっちが回転を加えると『嘲笑の魔球《ラフィング・マジック》』の餌食《えじき》か……。

「いいよ、ゾノちゃん。その調子でガンガン攻めて。ようやくエンジン掛かってきたかな」

「茶化《ちゃか》さないでください。1ゲーム取られてるんですよ」

「あはっ、それで調子出てきたのかな？」

「俺は最初から本気ですよ」

第2ゲームに入り、立て続けにポイントを取ったことで、目の前の二人の間に笑みが零《こぼ》れる。とはいえこの展開はまだ、俺たちの想定内だ。

前園《まえぞの》さんは決め球を持っていたり、目立つプレーをするタイプの人ではないが、基本的な能力が高く非常に上手《うま》い。ただプレーの幅が広く様々な球種を織り交ぜてはくるが、よほどのコースに決まらない限り、どれも返せないほどではない。どちらかといえば、自身がポイントを取るよりも、こちらを崩すのが目的に見えた。

そしてこちらがわずかでも崩れると、紅亜《くれあ》さんに『嘲笑の魔球《ラフィング・マジック》』を打たれてしまう。

だが俺とて『嘲笑の魔球《ラフィング・マジック》』を見るのは初めてじゃない。

実は六年前のあの夏の日に散々やられたのが、この技だ。そして俺の前陣速攻《ぜんじんそっこう》は跳ね際《ライジング》で変化する前のボールを叩くためでもある。攻撃には移れないまでも、繋《つな》げることはできる。つまり互いに決定打はない。そうなれば自然と試合は長引く。それこそが、俺たちの最大の狙いだった。

俺と瑠璃《るり》、二人ともが相手に勝っていると自信を持って言えるのは、スタミナだ。俺が長丁場でも戦えるのは風間《かざま》戦で実証済み。そして瑠璃はこの学園の誰より練習してきたのだ。我慢比べなら、誰が相手だろうと負けはしない。

相手に弱点などなくても、ひたすらに繋ぎ続ければ相手の体力を奪うことはできる。体力の低下は集中力の欠如を招き、ミスへと繋がる。俺たちが狙うのは、そういう卓球だ。

そのため一度サーブが放たれると、なかなか決まらなかった。

一進一退の攻防が続く。一点が遠い。

だがそれは相手も同じことだった。瑠璃はひたすら無回転のボールで返し、時折紅亜さんが『嘲笑の魔球《ラフィング・マジック》』を打ってきても俺がなんとか打ち返す。

それでも、あと一歩及ばなかった。

「11－8。2nd《セカンド》ゲーム、前園&白鳳院《はくほういん》紅亜ペア」

惜しくもこのゲームは取られたが、これでいい。

競《せ》り負けはしたが得点以上に、相手の体力をしっかり奪ってやったはずだ。

それにしても……こっちは狙ってやっているとはいえラリーが続くこと続くこと。速攻で打ち込んでいるのに、決めきれずにそのまま高速ラリーに発展とか……ダブルスなのに想像以上に体力を消耗するな。

「はい、ショウちゃん」

「……サンキュ」

何も言わずとも椿《つばき》からボトルが差し出された。さすが、気が利く幼馴染《おさななじみ》だ。受け取ったボトルを傾けると、疲れた身体《からだ》にスポーツドリンクが染み渡る。

「なによ、もう疲れたの？　動きが鈍くなってるわよ」

「ハッ、まだまだこれからだろ」

「その意気よ。なんなら腕の重り、とってもいいわよ」

「そんなもん最初からつけてねぇよ！」

流れる汗を拭きながら、瑠璃《るり》と軽口を叩きあう。

入学してから俺たちが毎日のようにやってきた他愛《たわい》もないやりとり。これが俺たちなりの激励の仕方。追いつかれはしたが焦ってはいない。いつも通りだ……これでいい。

第2ゲームは取られたが、それほど気落ちしてはいない。あくまで俺たちは疲れの出てくる後半勝負。

だが、こちらの思惑通りに事は進まなかった――。

最終ゲームに入ると、今まで以上に激しい打ち合いとなった。

こちらの速攻に対して、むこうのペアも一歩も引かない。速攻同士の激しい打ち合いに観客は盛り上がっているが、やっている身としては精神も肉体もすり減っていく気分だ。

染み出してくる汗で手の中のラケットはすべり、乳酸の溜まった脚は筋肉の動きを鈍くする。

試合が進むにつれて疲労は確実に積み重なっていく。だが俺も瑠璃もまだ動ける、十分に戦える。

むしろそろそろ相手のほうに疲れが出てくるだろうと思った矢先――それは起こった。

「っ!?」

前園《まえぞの》さんの打球に瑠璃の反応が遅れた。腕を伸ばして返しはするが、山なりの緩いボールは嬉しそうに飛び上がった紅亜《くれあ》さんに強打されてしまう。

一見瑠璃がミスしたように見えるが、違う。

前園さんの返球がさっきよりもワンテンポ速いのだ。それはほんの数瞬、わずかな違いでしかないが高速で打球の行き交う卓球でその違いは、受け手からすれば大きな変化となって襲いかかってくる。

その原因を作ったのは、俺だった。

おそらく長く続いていたラリーのせいで、むこうが俺の前陣速攻《ぜんじんそっこう》の速度に慣れ始めている。

「悪い。俺が速攻に頼りすぎたせいで……もっと変化をつけるべきだった」

「仕方ないわ。３ゲームという短い試合、ダブルスという二人が交互に打ち合うルール上、相手のスタミナを効果的に削るには、速いラリーが必要だったもの」

悔やんでいる場合じゃない。試合はまだまだ、これから……。

「瑠璃《るり》ちゃん、それじゃあダメだよ。彼とのペアじゃ、あたしに勝てない」

気をとり直そうとする俺たちに、さらなる追《お》い討《う》ちの声が降りかかる。

対面からどこか悲しそうな、哀《あわ》れむような瞳で、紅亜《くれあ》さんがこちらの敗北を宣告してきた。

「彼がパートナーなのが、そのまま欠点になってるよ。瑠璃ちゃんさっきから全然前に出てこないね……出てこないんじゃなくて、出れないんでしょ？」

……くそっ、気づかれた。

ズバリ、彼女は俺たちの弱点を言い当てていた。

そうなのだ。俺も瑠璃もどちらもその戦型は前陣速攻型《ぜんじんそっこう》。両者がギリギリまで台の近くで打てばスイッチの瞬間にぶつかり、結果お互いの行動範囲を狭めてしまうのだ。これは両者が同じ利き手のダブルスペアで起こりやすい問題だ。何度も練習したが、そこだけは最後までうまくいくことはなかった。

そして俺と瑠璃の戦型が似ているのはある意味当然なのだ。

実は膝《ひざ》に負担をかけない戦い方なら他にもいくつかある。けれどリハビリの間もずっと脳裏《のうり》に焼きついていた。あの女の子の卓球が……。

考え抜いた結果、あの女の子に勝てそうな戦型は、ひたすら前に出て相手にペースを握らせないこの極端な前陣速攻だった。瑠璃の『氷壁の反射《アイスドカウンター》』も、なるべく跳ね際を叩いてボールの変化の影響を小さくするためのものだろう。

互いに同じ相手を倒すために行き着いた戦型が、くしくもその相手を倒す弊害《へいがい》になってしまっていた。

現状俺は膝の怪我《けが》のせいでこの戦い方しかできず、仕方なく瑠璃が台からほんの少し離れた位置で打つことになってしまっている。それは瑠璃の最大の武器である『氷壁の反射《アイスドカウンター》』を封じることを意味していた。

「私が前に出られなくても、それで負けるわけではないわ」

あっさりと認める。今さら隠す気もないと、相手を睨《にら》み返す瑠璃。

妹からの強気の視線を受けて、紅亜さんはやれやれと深いため息をついた。

「聞きわけが悪いのは相変わらずだね。じゃあ、もう少し現実を教えてあげるよ。ゾノちゃん」

「わかりましたよ」

呼ばれた前園《まえぞの》さんは頷《うなず》き応えると、こちらに向き直り、

「いやぁ悪いな、お前ら。これで勝っても俺の実力で勝った気はしないんだけどさ……少し可哀相《かわいそう》だけど、こっちも負けられないんだよ」

などと言ってくる。前園さんまでもが、俺たちの負けを確信しているらしい。

ただこっちの速攻に慣れてきただけなのに、どうしてそんなことまで言い切れるのか。その理由はすぐに思い知ることになる。

繰り出される紅亜《くれあ》さんの打球を素早く打ち返す。この速攻に慣れてきたのならば、さらに限界ギリギリまで速度を上げて押し切ってやる。

だが俺の速攻を迎え撃つはずの前園《まえぞの》さんは、サーブを放った紅亜さんと入れ替わろうとしなかった。後ろで構えたまま腕を上げる。そしてこちらの希望を断ち切るギロチンのように、高く掲げた腕を振り下ろした。

これは……風間《かざま》がやっていたのと同じ、カット打法。後ろに下がって受けることで俺の前《ぜん》陣速攻《じんそつこう》の威力を半減できる守りの型だが、むこうの狙いはそこではない。

強烈な下回転が掛かったボールが跳ねる。瑠璃《るり》にとって返すこと自体はそう難しくないボールだ。だが、打ち返した瑠璃の顔が歪《ゆが》んだ。

「いっくよ～」

返した先で次に待っている攻撃は『嘲笑の魔球《ラフィング・マジック》』。

しかもさっきまでよりも明らかに変化が大きい!?

揺れ動くボールは俺が伸ばした腕の先、ラケットを掠《かす》めて、床へと転がった。

「一度勝ったからって、ゾノちゃんを舐《な》めないほうがいいよ。ゾノちゃんが強めの回転を加えれば、いくら瑠璃ちゃんでも完全な無回転で返すのは無理でしょ。これでもまだ、勝てると思うの？」

無理だよ。諦めなさい。紅亜さんが子どもを諭《さと》すような視線を投げかけてくる。

前園さんのカットは守るためではなく、紅亜さんの攻撃を生かすためのカットだった。

俺の勝手な想像だが、序盤からこの戦術を使ってこなかったのは、明らかに紅亜さんに頼ったこの戦術を前園さんは嫌ったのだろう。ダブルスだがあくまで自分の力でねじ伏せようと、前園さんは真正面から俺の前陣速攻を破ろうとしていた。そしてこの最終ゲーム、俺の前陣速攻を返し続けることで、最低限は納得したのだと思う。

ここからは、勝つために最善の選択をしてくるだろう。前園さんがカットで攻めて、紅亜さんが『嘲笑の魔球《ラフィング・マジック》』で決める、確実なスタイル。

まずい……むこうには紅亜さんの『嘲笑の魔球《ラフィング・マジック》』という決定打があり、それを確実に打たせるための術《すべ》まで持っている。これではラリーが続かない。

もはやスタミナがどうとかいう場合ではなくなってしまった。

「どうする？」

後ろに転がったボールを拾いに行く最中、周りに聞こえないような小さな声で尋ねる。

「大丈夫よ。これくらい……まだ想定内よ」

状況がわからないわけでもないだろう。強がりなのは明らかだった。

「問題は姉さんの攻撃だけど、返せそう？」

「難しいな」

「難しいけど返せるってことでいいかしら?」

「無茶言うなよ」

「そう、無理なの…………使えないわね」

「おいこら、いま小声でなんて言った」

「使えないわね、と言ったのよ」

「いや、そんなにはっきり言い直されても……」

たしかにそうかもしれないけどさぁ、試合中のパートナーにその言葉はないだろ。

だが瑠璃《るり》はさらにとんでもないことを言い出す。

「私が姉さんの攻撃を読むわ。それなら打ち返せるでしょ」

「さっきも言ってたが、そんなこと……できるのか?」

「前に言ったでしょ。情報はいくらでもあるわ。腕の振り、身体《からだ》の向き、ラケットの角度、視線の動き。要するに姉さんの考えていることを読めばいいのよ」

たしかにそれができれば紅亜《くれあ》さんの『嘲笑の魔球《ラフィング・マジック》』は脅威ではなくなる。打球のコースや回転まで読めれば、状況は一変するだろう。

だが同時に思う。それは……違う気がする。

どうすれば良いのか分からないが、彼女の導き出した答えは何かが違う気がする。だってそうだろ。紅亜さんの考えていることが読めないから、ずっとお前は勝てなかったんだろ？　ただ俺にだって有効な打開策があるわけでもなく……。

「私の指示通りに動きなさい」

今の俺にできるのは、言われたとおりに黙ってラケットを構えることだけだった。

紅亜さんがラケットを振る瞬間、パートナーの声に耳を傾ける。

「フォア！」

瑠璃《るり》が叫んだ。

その声に合わせて右へと移動する。そして紅亜さんの放った打球は、俺の動きとはまったくの反対方向、左側へと返ってきた。

てんてんと転がったボールを思わず目で追ってしまう。

「……違ったな」

「そんなの見ればわかるわよ。次こそ読むわ」

鋭い視線で前を見据《みす》える彼女の姿に違和感を覚える。先ほどからもやもやと、得体《えたい》の知れない感覚が心に引っかかる。瑠璃がこの無謀ともいえる作戦を疑いもせずに実行しようとしていることか……いや、他に方法が思いつかないからこの方法に縋《すが》るしかないんだ。

勝つために必死で前を向いている彼女は間違ってはいない。

けれど……何かが違う。

「バックよ！」

今度は瑠璃《るり》の指示通りだった。クロスの厳しいコースだが、こちらは先に動き出しているのだ。これなら追いつける。

だが追いついた俺の胸元を抉《えぐ》るように、跳ねた打球が変化する。

「ちっ⁉」

打ち返した打球は軽々と、防球フェンスを飛び越えていった。

「バックと言ったでしょ！」

苛立《いらだ》つように瑠璃の口調は険しいものだった。

徐々に広がっていく点差に不安や焦りが生まれる。

「……今のは無理だろ」

「打たせた私が悪いと言うの！」

それは次第に不協和音を奏で始める。

違う……返せなかった俺が悪いわけでも、ましてや打たせた瑠璃が悪いわけでもない。

点を取られるごとに敗北の二文字が頭にチラつく。焦燥《しょうそう》に駆られる気持ちもわかる。こんな状況で卓球を楽しめと言う気もない。けれど……何かが違うのだ。

「まともに返せないなら、もっと引きつけてから切りなさい。そうすれば回転の影響は多少抑えられるでしょ」

「そんなことしたら、速攻にならないだろ」

「繋《つな》ぐことのほうが大事でしょ。大丈夫よ、私が決めるわ」

キッと前を向いて歩を進める瑠璃の背中は凛々《りり》しくも、どこか儚《はかな》げだった。

ああ、そうか……やっとわかった。

違和感の正体。

そして今の俺たちがやるべきこと。

すぐさま歩き出す瑠璃の肩に手を伸ばす。無理やりにこちらを向かせ、彼女をまっすぐに見《み》据《す》えた。

「……何よ？」

「瑠璃……お前の相手は誰だ？」

「そんなの、姉さんに決まっているでしょ」

「違う。お前のパートナーは誰だ？」

「…………あなたでしょ？」

少しの間を置いて、瑠璃が答える。

「わかってるじゃん。なら、あんまり一人の世界に入り込むなよ」

これでもダメならもうお手上げだ。俺たちはなす術《すべ》もなくこのまま負けるだろう。口で言っても伝わらない。彼女が自分自身で気づかなければ、意味がない。

ずっと姉に勝つために努力してきた彼女にとっては、それ以外のものには興味がないのかもしれない。氷結《ひょうけつ》の瑠璃《るり》姫《ひめ》などと呼ばれる孤高の存在。そんな彼女ではもっとも気づきにくいかもしれない。

けれどなんとなくだが……わかってくれる気がした。

瑠璃《るり》は無表情だが何も考えていないわけではない。クールでときには冷酷に見えても、血が通っていないわけではない。

卓球をするときはいつも真剣な表情だ。俺のことを罵倒《ばとう》したり、呆れ果てた顔をしたりもする。悲しい顔も見せる、怒ったりもする、そして……たまに笑いもする。

短い期間だが、同じ時間を過ごしたのだ。彼女の考えていることのすべてがわかるわけではないが、ほんの少し彼女に近づいた。

昨日も言っただろ。俺はお前を見てきたんだ。

なら、お前はどうなんだ？

はたして瑠璃は、瞳を閉じて「ふぅー」と太い息を吐いていた。

顔を上げた彼女は何かを決意したような表情で、小さく呟《つぶや》く。

「……もういいわ。やめる」

「やっと諦める気になった？」

紅亜《くれあ》さんが嬉しそうに聞いてくる。

「ええ、どうやら私には姉さんの考えていることなんか、さっぱり読めないみたいだわ」

「じゃあ今回もあたしの勝ちだね」

「いいえ……それでも試合は勝たせてもらうわ」

そう告げると、振り返った瑠璃が俺に向かって微笑《びしょう》を浮かべる。不意打ちのような優しい笑み。その瞳には間違いなく俺が映っている。

そうだ、それでいい。


始まったばかりの頃の熱気はどこへ消えたのか、体育館は静まり返っていた。

試合は最終ゲームで、すでに点差は絶望的に離れている。新入生たちは瞳に落胆の色を滲《にじ》ませ、上級生たちは当然といった眼差しをこちらに向けている。経験豊富な彼らには、もはや勝敗は決したかのように見えるのだろう。

チラリと隣で構える瑠璃を見た。彼女の眼は死んではいない。いつものように前だけを、白《はく》鳳院《ほういん》紅亜を見据《みす》えて……と、わずかだが目が合った。むこうも気がついたのか、慌《あわ》てて目を逸《そ》らす。だがしっかりと俺も見えているようだ。なら、大丈夫だ。

紅亜さんのサーブ。『嘲笑の魔球《ラフィング・マジック》』ほどではないが、回転のかかったサーブに俺のラケットが押される。

それは不用意に緩く、高く上がった。

好機と見たか、前園《まえぞの》さんは前に出て強打を放ってくるが、

「……しまっ!?」

強打したボールは突如《とつじょ》現れた氷の壁に跳ね返されて、勢いそのままにコートに突き刺さった。

これぞ白鳳院瑠璃《はくほういんるり》の真骨頂《しんこっちょう》『氷壁の反射《アイスドカウンター》』。高く上がったボールは打ち損ないではない。速攻を捨てて手に入れたのは、瑠璃が台に密着するための時間。前園さんが強打を打ってきたとしても、勢いそのままに瑠璃が『氷壁の反射《アイスドカウンター》』で打ち返せば、いくら紅亜《くれあ》さんでも拾えないだろう。

再び紅亜さんのサーブを高いループで返す。

「同じ手には引っかからねぇよ」

前園さんは、今度はしっかりとカットで返してきた。

ふわりと上がったボールが落ちてくる間の、それは一瞬のことだった。瑠璃の瞳がこちらを見た気がした。いや、ほんのわずかだがたしかに視線が交錯《こうさく》した。

なら、迷う必要はない。

カットの回転を抑え切れなかった瑠璃の打球を、紅亜さんはここぞとばかりに『嘲笑の魔球《ラフィング・マジック》』で返してくる。

だが吸い寄せられるかのように、ボールは俺に向かって飛んで来た。

打球を胸元までひきつけてから。切るようにラケットを振るう。瑠璃がさっき言った、受け身のとても速攻には向かない打ち方。ポーンと力ない打球が相手側に落ちる。

「くっ……なめるな！」

速攻に備えてやや下がり気味だった前園さんが、前に出てくる。ネット際に落ちるこのボールならば、強いカットは打てない。前園さんは前に出た勢いを乗せてラケットを振りぬき……その狙いは、たった今打った俺だった。

ダブルスにおいての弱点の一つ。同じ者が続けて打てない以上、一度打った者は次にパートナーが打つ際には障害物にしかならない。そこを狙ってきたのだ。

「ちょっと、邪魔よ」

だが横から伸びた腕が俺の目の前まで来ていたボールをかっ攫《さら》っていく。俺の前に氷の壁が出現したかのように、反射したボールは鋭角に相手陣内を切り裂いた。

「コースは限定したでしょ。一つ目で決めなさいよ」

点を取ったというのに、瑠璃が悪態をついてくる。

「回転が強いから言われたとおりに繋《つな》ぐのを優先したんだろうが。それにそっちが決めたほうが確実だと思った」

「なっ、なによ……なら打ったら素早くどきなさい。遅いのよ。私のために光の速さで道を開けなさい」

「無茶言うなよ……けど、らしくなってきたな」

やっとまともにダブルスらしい意思疎通ができてきた。

そうだよ、ちゃんと俺のことも見ろよ。さきほどまで、いや試合前からずっと瑠璃《るり》の瞳には紅亜《くれあ》さんしか映っていなかった。長い間執着してきた相手だ。気持ちはわかる。

ただ俺たちは今、誰を相手にしてるんだって話だよ。

紅亜さん、前園《まえぞの》さん、もちろん二人を相手にしている。だがそれよりも先に意識しなきゃいけない相手が目の前にいるだろうが。

今までなんのために一緒に練習してきた。ダブルスの動きを、教科書に載っているような形だけの連係を覚えるためじゃないだろ。ともに戦うパートナーのことを忘れて勝てるような相手じゃないんだ。個々の力量ではまだ勝てないかもしれないが、二人が力を合わせれば、ダブルスでなら越えられる。

だから、俺を信じろ。

短い視線のやり取りで、俺と瑠璃の動きが同期する。いや、視線だけではない。腕の振りや身体《からだ》の向き、ラケットの角度。あらゆる情報を読み取り、意思を疎通させる。目の前の相手ではない。すぐ隣のパートナーが次にどうしたいのかを考えながらラケットを振るうのだ。

打った後、自分がどちらに避《よ》ければいいのか、彼女がどうしたいのか、流れるような動きは徐々に洗練されていく。

やりやすい……身体が勝手に動く。もはや迷いはない。

思考が擦り合わさり、俺と瑠璃が一人の選手であるかのように意識が重なる。

声に出さなくとも瑠璃の考えていることがわかる。瑠璃もこちらの考えを読み取ってくれる。それは点差すらも忘れてしまいそうなほど、官能的ともいえる時間。

誰にも止められない。邪魔などさせない。

一つになった俺たちは、相手を圧倒していった。


「10－9。マッチポイント、飛鳥《あすか》&白鳳院《はくほういん》瑠璃ペア」

不意に意識が引き戻されたのは、マッチポイントを迎えたときだった。

審判の声にではない。なにか異質な雰囲気を感じ取ったからだ。

怒涛《どとう》の追い上げですでに逆転、そしてあと一点というところまできた。

だが微塵《みじん》も油断はできなかった。追いつめているはずなのに、目の前の相手は依然として余裕の笑みを湛《たた》えたまま、小刻みに肩を震わせていた。そして、

「フフッ……アハハハッ！」

堪《こら》えきれないといった感じで、紅亜さんが声を出して笑った。

「別にただのエキシビションだし、二人の卓球を見たかっただけだから、瑠璃ちゃんに華を持たせてあげてもよかったんだけどね……やっぱりダメだ。なんか二人を見てたら、負けたく

なくなっちゃった」

彼女を取り巻く空気が、ガラリと変わる。

途端に押し寄せる、息が詰まるような重厚な威圧感。

さきほどまでのニコニコとした笑みは消え去り、代わりに鋭利な刃物のような視線を俺にぶつけてきた。

親の仇《かたき》じゃあるまいし、背筋がゾクゾクしてくるんだが…………にしても、やっぱり姉妹だな。この肌がヒリつくような感覚は、どっかの妹にそっくりじゃねぇか。

警戒しながらもラリーの中で瑠璃《るり》が強打を繰り出す。紅亜《くれあ》さんのもとへとボールが飛んでいくと、彼女の腕が煌《きら》めいた。

ミドル付近、ほぼ俺の正面に返球されるが……なんだ、これ?

回転がまるでわからなかった。腕を振り上げたところを見るとドライブ系の球だろうか……。

おそらく跳ね際《ライジング》で叩けば問題ないだろうと、咄嗟《とっさ》に前傾に構え、

「なっ!?」

ラケットが空《くう》を切った。

手元で跳ねたボールが直角に曲がったのだ。跳ね際を狙ったはずなのに、それすらも避《よ》けていくほどのありえない変化。

これが……紅亜さんの本気の『嘲笑の魔球《ラフィング・マジック》』なのか。

「10－10テンオール」

両者マッチポイントのため、ここからは先に二点取ったほうの勝ちとなる。けれどあんな本物の魔球のようなものを見せつけられては、こちらが圧倒的に不利だった。

アレを打たれる前に勝負を決めようと攻めるが、後ろに下がってカットに徹する前園《まえぞの》さんの守りは堅く、高いループで返されては瑠璃の『氷壁の反射《アイスドカウンター》』も効果が薄かった。

そして紅亜さんは、こちらが視認できないほどの速さで腕を振るう。

打球は先ほど同様、まっすぐだ。どちらに曲がるか見当もつかない。

とにかく繋《つな》がないと……速攻は捨て、打球が跳ねてから反応できるよう足の親指の付け根に力を込める。

跳ねた先は……右っ！

「……ぬぐっ!?」

直角に曲がり、台の側面を軽々超えてくる打球に身体《からだ》を投げ出して飛びつく。手を伸ばした先では、ラケットからギュルルルッと暴力的な回転が伝わってくる。

ちっ……体勢が悪すぎる。暴れるボールを無理やりに打ち返すと同時に、顔面から床に突っ込んだ。床に擦《こす》れた頬《ほお》が焼けるように熱い。

はたして打球は、ネットの白帯に当たってポトリとこちら側に落ちた。

「10－11」

くそっ、追いついていたのに……。

思わずラケットの面を見て……絶句した。

「嘘《うそ》だろ……ラバーが裂けてるぞ」

「相変わらず馬鹿げた回転量ね。アレが出始めると、もう手に負えないわ」

倒れた俺に瑠璃《るり》がそっと手を差し伸べながら教えてくれた。

どうすればいい……あらかじめどちらに跳ねるかヤマを張っておくか。だがあと1点とられれば終わりだ。リスクが高すぎる。やはり打たれる前に決めてしまうか。しかし前園《まえぞの》さんの後陣カットを打ち抜くほどの決定打は………。

打開策を巡らせながら身体《からだ》を起こそうとすると……膝《ひざ》がカクンと落ちた。

慌てて力を込めて沈みそうになる身体を立て直す。動きが止まったのは、ほんの一瞬だったはずだ。だがその一瞬を、目の前の彼女は見逃しはしなかった。

「もう、いいわ。諦めましょう」

「……なんだって?」

思わず耳を疑った。あまりにも信じられない言葉が瑠璃の口から飛び出したから……。

「もう負けでいいわ。あなたの膝、そろそろ限界でしょう?」

「はっ、バカ言うな。まだまだ余裕だよ」

「嘘《うそ》をつかなくていいわ。膝が笑っているわよ」

「……どんなことをしてでも勝つんじゃなかったのかよ」

たしかにダブルスの３ゲームマッチとはいえ、体力は消耗している。それ以上に今の『嘲笑の魔球《ラフィング・マジック》』に反応するには、瞬間的な横の動きが不可欠になってくる。膝への負担が今までの比ではない。けれどこんなところで棄権《きけん》だなんて、しかもその理由が俺の膝を庇《かば》ってなんて、認めるわけにはいかなかった。

普段他人のことなんか気にしないお前が、ここにきて俺の心配とかするなよ。追い込まれてはいるけど、あと少しだろ。いつもみたいに澄《す》ました顔で「問題ないわ」「大丈夫よ」って言ってみろよ……。

「状況を冷静に分析した結果よ。ここまでね」

「ここで諦めてどうなる。負けたけどよく頑張ったね、いい試合だった。てか？　そんな言葉望んでないだろ。俺も、お前も」

「気持ちはありがたいけど引き際を間違えると、取り返しのつかないことになるわよ」

「俺のことなら、気にするな。他人を気遣うなんてらしくないぞ」

「姉さん相手にここまでやれた。もう十分よ。今日勝てなくても……私はたぶん、まだ続けられる……」

「そっちこそ嘘つくなよ！　違うだろ……そうじゃない、白鳳院《はくほういん》瑠璃はそうじゃないだろ！　自分を貫けよ！」

俺のことを心配して言ってくれているのに、なんともひどい言い草だ。

しかし納得できるわけがなかった。

たった一球でも手を抜かない全力の姿勢。愚直に練習に明け暮れるひたむきさ。雑念を振り払い、卓球にのみ心血を注ぐ強靭《きょうじん》な精神。何より勝利を求めるあの瑠璃《るり》の口から「諦める」なんて言葉は聞きたくなかった。

理不尽に怒鳴られた瑠璃はぐっと唇《くちびる》を噛《か》み、肩を震わせ、俺を睨《にら》み据えていた。

「……あなたに言われたくないわ。あなただって状況に合わせて、戦型を捨てて、かつての卓球を……昔を忘れたんじゃない！」

ドンッと胸に衝撃がくる。彼女の細い腕に、突き飛ばされた。

不甲斐《ふがい》ないパートナーに対する怒りか、この状況で成《な》す術《すべ》がない悔しさか、卓球を失ってしまうことへの恐怖か……何かはわからないが、いつも冷静で『氷結《ひょうけつ》の瑠璃姫《るりひめ》』などと呼ばれている彼女には珍しい、感情に任せた行為だった。

叫んだところで状況が変わるわけではない。その突き出した手で自らを取り巻く恐怖が壊せるわけではない。

ただ、俺の心を動かすのには十分だった。

「……忘れてねぇよ」

「え……」

「一つ確認しておく。お前、卓球好きか？」

「…………好きよ……だから続けたいんじゃない」

「……わかった」

瑠璃の返答に頷《うなず》き、踵《きびす》を返す。

「ちょっと、どこへ行くの？」

「安心しろ。卓球好きは試合を投げない」

「好きだけじゃどうにもならないのよ。元来スポーツはそういうもの。あなただってわかっているでしょ」

「たしかにこの状況をひっくり返すのは、卓球好きでも無理かもしれないな」

「だったら、おとなしく棄権《きけん》して……」

彼女の言葉を遮《さえぎ》るように、今できる最高の笑みを見せてやる。

「だけど俺は、超卓球好きだからな」

このまま終わらせてたまるかよ。

ベンチに戻って腰かけた俺を見て、椿《つばき》が慌《あわ》てた様子で声を張り上げた。

「ショウちゃん、何やってるの！」

「見りゃわかるだろ」

膝《ひざ》を固定していたサポーターを外し、その下でグルグル巻きにされていたテーピング類もまとめて取っ払う。

立ち上がって軽く屈伸をしただけで、可動域がずいぶん広がったのがわかる。

「よし、これでまともに動けるな。あとはラケットを……って、おい！」

バッグの奥にしまってあったラケットを取り出そうとするが、俺のやろうとしていることをいち早く察知した椿《つばき》に横から掠《かす》め取られた。

「そいつを寄越せ」

「ダメだよ」

「寄越せ」

語気を強めるが、椿はブンブンと首を横に振る。

「……ダメ。ショウちゃんの膝はまだ完治してないんだよ」

「わかってる」

「次やったらもう選手生命はないんだよ」

「わかってるよ」

ラケットを胸に抱えたまま、心配そうに見つめる椿。

「……お前がじっくり時間をかけて治そうとしてくれたことはわかってる。でも長い間ラケットを持たせなかった理由は、それだけじゃないだろ」

「…………」

この学園に入って、瑠璃《るり》と練習していて気がついたことがある。俺の膝は、俺の想像以上に治っているのだ。

これならば、もっと早くにラケットを握っても問題なかったのではないだろうか？　中学三年の大会くらいなら間に合ったかもしれない。今の状態から見るに、その程度には良くなっていたと思う。

それなのに椿はいまだに無理はさせようとしない。テーピングやサポーターで動きは制限される。さらにはここ数年の執拗《しつよう》なまでの走りこみや体幹トレーニング。その目的は怪我《けが》の再発防止のためだけではないだろう。

その全ては……。

「怪我をする前の卓球を取り戻すための練習だろ」

だから基本から大きく外れるような打ち方はさせなかった。かつての戦型に戻した際に弊害《へいがい》となる要素は排除した。

怪我の影響など微塵《みじん》も感じさせない、元通りの状態。そこが椿のリハビリの最終目標だから。なにより椿がその姿を望んでいる。

「だったら、そいつを寄越せよ」

かつて使っていた、愛用のラケットを指さす。

けれど椿《つばき》はそれを手放そうとせず、俯《うつむ》いて視線を逸《そ》らした。

「ねえ、今じゃなくてもいいんじゃないの？　ショウちゃんの卓球人生はまだまだこれからで……だから、あの人を倒すのは別に今度でも……」

「俺のためじゃない。瑠璃《るり》を助けるためにソレが必要だ」

「でも万が一にも……」

強情な彼女を下から覗《のぞ》き込むように、至近からその瞳をまっすぐ見つめた。

「俺の膝《ひざ》を心配してくれているのはわかってる。けどここであいつを見捨てたら、俺は自分自身が許せないだろうし……あいつを見捨てる俺を、お前は見ていられるのか？」

「…………」

返事はない。

代わりにスッとラケットが差し出された。

「ありがとな」

見ててくれ。お前と積み上げてきた卓球で、瑠璃の卓球を守ってみせるから。

「ちょっと、遅いよぉ。エキシビションだからラケット交換するくらいは構わないけど、ちゃんと見せてよねぇ」

ずいぶんと長い間試合を中断しており、周囲からは不満の声が聞こえ始めていたが、コートに戻った俺に対して紅亜《くれあ》さんは寛大だった。

ラケットを渡すと彼女はわずかに眉根《まゆね》を寄せる。

「ん……裏ソフトと粒高《つぶだか》ラバーの組み合わせか……あたしの回転を抑えるための粒高かな？」

粒高ラバーは表面に粒があり相手の回転を受けにくいラバーである。対して裏ソフトラバーは表面が平らなため、回転の影響を受けやすい。ちなみにさっきまで使っていたラケットでは速攻向きの表ソフトラバーを貼っていた。

さて、準備はできた。

試合が再開される。長い中断のうえあと1点でむこうの勝ちということもあり観客の興味は薄れ始めていたが、直後に彼らが目を剥《む》く光景が訪れる。

試合を決定づける紅亜さんの『嘲笑の魔球《ラフイング・マジック》』が放たれた。どちらに曲がるかわからないその打球が台の上で音を立てて跳ねた瞬間、

ダンッ！

体育館に衝撃が響き渡った。

直角に曲がったボールは左のバックハンド側へ。それを追いかけ、俺も横に跳ぶ。

身体《からだ》が羽のように軽かった。思い切り地面を蹴った身体は一息に加速し、打球を軽々と追い

越す。

やべ、勢いがつきすぎた。

打ち返すが、流れた身体《からだ》は止まらず床に転がった。

「うそっ⁉　あれを回り込んで、フォアで返してきた⁉」

「ちっ、こいつ……」

俺の体勢を見て、前園《まえぞの》さんはカットではなく低く速い打球で返してくる。

瑠璃《るり》の視線がわずかにこちらを向いた。その瞳は戸惑いを帯びている。『氷壁の反射《アイスドカウンター》』を使うには絶好のボールだ。しかし俺の体勢を整えるには、高いループ気味のボールのほうがいいのではないか。大方そんなことを考えているのだろう。

言ったじゃねぇか。自分を貫け。

「瑠璃！　俺に構うな！」

彼女の迷いを振り払うために、叫ぶ。

俺の声が届いたのか、自分で決断したのかはわからないが、瑠璃は『氷壁の反射《アイスドカウンター》』で相手のフォアサイドを突いた。

カウンターが決まるかに思われたが、紅亜《くれあ》さんはその打球に追いつく。おそらく一瞬の迷いが『氷壁の反射《アイスドカウンター》』の威力を鈍らせたのだろう。

そして容赦《ようしゃ》なく、紅亜さんは打球をそのまま対角線に打ち返してきた。左に行きすぎた俺か

らは遠い、深いフォア。

「っ……ごめんなさい」

決めきれなかったことへの謝罪か、瑠璃《るり》の口からそんな言葉が漏《も》れた。申し訳なさそうな瞳で俺を見る。

が、すでに視線の先に俺はいない。

爆発的な脚力で駆けた俺は、疾風《しっぷう》となって瑠璃の背後を横切っている。

「ふざけんな……謝ってんじゃねぇ、よっ！」

迫る打球に追いつき、同じように対角線に、さらに深い角度で抉《えぐ》り取る。

「11－11……い、イレブンオール」

再び同点に。

「マジかよ……」

前園《まえぞの》さんが、驚愕《きょうがく》の面持《おもも》ちでこちらを向いた。

「ゾノちゃん、今のは仕方ないよ。それにしても凄《すご》い反応の速さだねぇ。打球も今までよりもキレてる感じ。本来の前陣速攻《ぜんじんそっこう》じゃないのに……」

「違いますよ」

「ほえ？　違うって何が……」

「あれが、ヤツ本来の姿です。常人離れした反応《レスポンス》と高速の足捌《ステップ》き。どんな打球でも追いついてしまう……音速の戦型。ヤツが……四年前に高校二年生以下《ジュニア》の東京大会を制した『音速の鳥《ソニックバード》』が帰ってきました」

「へぇ……面白いじゃん」

鋭い視線がこちらにぶつけられる。

だが今はそれを無視して、呆けた顔で佇《たたず》むパートナーに向き直った。

「ボーッとしてないで手伝え。膝《ひざ》がどこまでもつかわからない」

「…………」

「もっと前に出てガンガン『氷壁の反射《アイスドカウンター》』狙って構わないぞ」

「あなた……その戦型……」

「今の俺なら少し台から離れたほうがやりやすい」

「そう……忘れてなかったのね」

ぶつぶつと瑠璃は何事かを呟《つぶや》いていたが、やがて静かに頷《うなず》き、

「聞こえてるか？　つーか、試合中になに謝ってんだよ」

「……謝る？　誰がいつ謝ったのかしら？　幻聴が聴こえているみたいよ。卓球が好きすぎてついにおかしくなってしまったのかしら？」

「ははっ、そうだな。おかしいよ。こんなギリギリの状況なのに楽しくて仕方ねぇ。けど、卓球好きで頭おかしいのはお前も一緒だろ」

「そうかもしれないわね」

いつの間にか、彼女の口元に笑みが浮かんでいた。

「それにしても、ずいぶんとおとなしいじゃねぇか。もっと前から攻めていいんだぞ」

「なによ……上から目線で不快よ」

「お前にだけは言われたくねぇよ！」

むかつくが、それでこそ白鳳院瑠璃《はくほういんるり》だ。


それからしばらく、長いラリーでの緊張状態が続いた。

だがその緊張すらも心地《ここち》好い。相手の全力に、こちらも全力で応えることができる。

膝《ひざ》周りの余計なものが取れたおかげで、動きやすい。身体《からだ》が思い通りに動く。頭の信号がダイレクトに肉体に伝わる感覚。血液は激しく脈打ち、筋肉が躍動する。

ひたすらボールを追いかけ、打ち返す。ただそれだけのやりとりが、たまらなく楽しかった。

火花が散るような一進一退の攻防だ。

試合の均衡が破れたのは、前園《まえぞの》さんが厳しいコースを狙った打球だった。入るか入らないかの際どい球。それは不運にも台の角《エッジ》に当たった。

高速で打ち合う卓球の試合ではその変化はほぼ防げず、ルール上は問題ないものの台の角《エッジ》に当たって点を取った場合、点を取った側が謝るという暗黙の決まりまであるが、

「……んっ！」

瑠璃はそれを驚異の集中力で拾ってみせた。

だが予期せぬボールは返すのが精一杯か。高く舞い上がったボールにはしっかりと回転が掛かってしまっている。

それを待ち構えるのは——紅の魔女。

「いっくよ、あたしの全力の『嘲笑の魔球《ラフイング・マジツク》』返せるかな？」

紅亜《くれあ》さんの腕が空気を切り裂く。

そして目の前で、本物の火花が散った。

摩擦で台の表面が焦《こ》げる。対角線にこちらの左側に突き進んでいた打球が、突然右に進路を反転させた。直角どころではない。鋭角に進路を変えた打球は台の上を横断しようとしていた。

破滅的な回転を抱えながら、俺はフォア側へ逃げるボールを追いかけた。

あの日からこの卓球に勝つことだけを考えていた。このふざけた回転量に太刀《たち》打ちする方法を……前陣速攻《ぜんじんそつこう》の戦型ではなく、怪我《けが》をする以前に考えた方法。

きっかけは練習の中で偶然起こったある現象。あの女の子に出会ってから怪我をするまでの間、必死に練習し続けた超絶技。ようやく完成しかけ、大会で使ってみたら変な二つ名までついてしまった。

まったく、全部お前のせいだ。

打球に追いつき、腕を広げて一気に羽ばたく。ボールを擦《こす》るのではない。触れるように、表面を撫《な》でるように。落下に合わせて膝《ひざ》を柔らかく、ラケット全体で包み込む。

その羽ばたきは、世界から音を消した。

返そうと構えていた前園《まえぞの》さんが固まる。観客が息を呑《の》む。

わずかな静寂。

俺が放った打球は——台の上を跳ねずに静かに転がった。

これが俺を『音速の鳥《ソニックバード》』と言わしめた秘技。その名も『静かなる羽ばたき《サイレント・フラップ》』

「嘘《うそ》だろ……無跳球《ゼロバウンド》!?」

どこからか、驚愕《きょうがく》の声が聞こえてくる。あの『嘲笑の魔球《ラフィング・マジック》』の馬鹿げた回転量をも利用するとっておきだ。ただ打球にしっかりと回り込んだうえに、膝を柔らかく使わなければいけないため、サポーターをしている状態では使えなかった。

「12－11」

これであと一点取れば、俺たちの勝利。

再びラリーが膠着《こうちゃく》状態に陥る。

こちらの『静かなる羽ばたき《サイレント・フラップ》』を警戒してか、紅亜《くれあ》さんも回転を掛けて大きな変化をつけようとはしてこなかった。それならそれで、構わないけどな。

相手の球種に関係なく、俺は腕を広げて羽ばたいた。

「ゾノちゃん！　それを無跳球《ゼロバウンド》で返すのは無理だから、跳ね際狙って！」

　ご名答。あれは相手の打球に充分な回転が掛かっていて初めて成功する技だ。他にも成功させるには色々と条件が必要なのだが、今はその条件が揃っていない。なのでこの打球が全く跳ねないということはない。

　わずかなバウンドだが、それを前園さんは見逃さなかった。

「シッ！」

　さすが前園さん。咄嗟《とっさ》に跳ね際《ライジング》の速攻でカウンターを狙ってくる。

　だが……やれ、瑠璃《るり》。

「ふん……わかってるわよ」

　言わずとも伝わったらしい。

　球速があり、手元でさらに伸びてくる難しい打球だったが、不思議と心配はなかった。

　誰よりも多く、瑠璃がこれまで何万、何億回と振ってきたラケットは決して嘘はつかないのだから。

　相手の高速カウンターの前に氷壁を作りだし、瑠璃は倍返しのカウンターで射抜いた。

「13－11。勝者《マッチ・トウ》、飛鳥《あすか》&白鳳院《はくほういん》瑠璃ペア」

　審判のコール。

　直後、体育館は歓声と割れんばかりの拍手に包まれた。

やっと……終わった。嬉しいが少し名残惜《なごり》しい、そんな気分だ。

隣を見ると実感がわかないのか、ラケットを握りしめたまま呆然と固まる瑠璃《るり》の姿があった。

さて、何と声をかけようか。

おめでとう、よくやった、お疲れ…………どれも違う気がする。やっぱり声をかけるのはやめておこう。代わりにそっと右手を挙げてみた。

しばしの間、瑠璃はぼんやりとその手を見つめていたが、やがていつものように尊大な笑みを見せた。

挙げた手からパァンと心地好《ここちよ》い感触が伝わってくる。

じんわりと温かな痛みが俺の掌《てのひら》に残った。


「あちゃー。負けちゃったよ。強くなったね瑠璃ちゃん」

負けたというのに、紅亜《くれあ》さんは清々しく話しかけてきた。彼女自身この試合にそこまでの思い入れがなかったのかもしれない。少々癪《しゃく》だが、まあ学校行事の非公式の試合だし、それも仕方ないのかもしれない。

「私は別に……勝てたのは彼のおかげ……」

頬《ほお》をわずかに上気させた瑠璃がこちらを見る。

もっと胸を張っていいんだぞ。今までの努力は無駄じゃなかったって、ちゃんと前に進めているって実感できただろ。俺なんてちょっと手を貸しただけなんだから。

まあ彼女のこれからの卓球人生は、彼女自身が決めればいい。これ以上俺がとやかく言うことではないだろう。

瑠璃の視線を追って、紅亜さんがこちらを向く。

「ふーん。キミのおかげで瑠璃ちゃんも成長したみたい。だから少しくらいは認めてあげてもいいかな」

そしてようやく、紅亜さんがちゃんと俺を見た。

だから俺は、俺の話をしよう。

「やっと……あの日の約束を果たしましたよ」

あの夏の日に交わした約束。

六年越しに約束を果たすことができた俺に対して、紅亜さんは申し訳なさそうな顔をし、

「ん、ああ……ごめんね」

なぜか謝った。

「あたしはキミと約束なんかしたことないよ」

…………え？

第八章　あの日の約束

久しぶりの休日に椿《つばき》と並んで街を歩いていた。

見上げた空はこれでもかというほどぶ厚い雲が重なっていて、日の光はこちらまで届かない。どんよりと重たい空気が街全体を包み込んでいるようだった。

「空が暗いねぇ。今日は降水確率七十パーセントだって」

「ふーん……」

「どこ行こっか？　またあのチキンとか食べたい？」

「別に……」

しきりに椿が話しかけてくるが、俺はどこか上の空だった。

あの試合から一週間が経《た》った。

あの女の子に借りは返せたつもりでいた。けれどもそれは俺の思い過ごしで、紅亜《くれあ》さんはあのときの女の子ではなかったようだ。

目の前にあったはずの目標を見失い、モチベーションが上がらない。求めていたものに一度は手が届いたと思ったのに、手の中からスルリと抜け落ちてしまった感覚。練習にも身が入らない。このままではいけないとわかってはいるのに、瑠璃《るり》と練習していたときのような身を焦《こ》がすほどの熱は失われたままだった。

「瑠璃ちゃん……今日の夜には行っちゃうんだってね」

あの試合が終わってから、瑠璃はまたしばらく海外を転戦することが決まった。紅亜さんにシングルスでも勝てるだけの実力をつけたいとの、本人の強い要望らしい。

もともとエキシビションまでという期限付きのパートナーだったので、瑠璃と練習をすることもなくなった。だから今は他の一年生と同じように、共同の練習場で椿や沙月《さつき》相手に練習をしている。

「……ああ、本当に卓球のことしか頭にないヤツだったな」

「瑠璃ちゃんもショウちゃんには言われたくないと思うけど……」

歩きながら、これからどうすべきかを考えてみた。

捜していた人間は学園にはいなかった。どこか海外にいるのか、もしかしたら本当にもう卓球をやめてしまっているのかもしれない。だとすれば俺があの女の子にこだわる理由はもうない。あの約束を果たすことも、おそらく……もうない。

「瑠璃ちゃん、海外行ったらきっとまた一人だよね」

「……別に友達作りにいくわけじゃないだろ」

「寂しくないのかな？」

「さあな……あいつが自分で選んだんだから、あいつの好きにすればいいだろ」

「………」

投げやりに答えながら下を向いて歩いた。次第にポツポツと地面が濡《ぬ》れていく。どうやら雨が降ってきたようだ。

ふと俺は顔を上げた。灰色の空から落ちてくる雨も気にはなったが、それよりも……さっきまで隣にいたはずの気配が、消えている……？

振り返ると椿《つばき》が足を止めていた。

肩を震わせ、じっとこちらを睨《にら》んでいる。

「……いいだろって…………いいわけないでしょ！」

街中で突然大声を出した椿に呆気《あっけ》にとられた。

「なっ……急にどうした？」

「どうして……どうして瑠璃《るり》ちゃんを引き止めてあげないの？」

「あ？　あいつが自分で決めたことを、どうして俺が引き止めるんだよ」

「本当は引き止めてほしいに決まってるよ。瑠璃ちゃんの性格なら、自分じゃ止まれないのなんてわかりきってるじゃん！」

「なに怒ってるんだよ。さっきから言ってる意味が……」

「バッカじゃないの!!」

「………？」

「こ、れ、だ、か、ら、卓球バカは〜〜〜っ！　なんで気づかないのかな！　あ〜もう、バカバカバカバカバ〜カッ！」

喚《わめ》きながら椿はバッグの中身を乱暴に投げつけてくる。

「ってぇな。いきなり何する…………？」

乾いた音を立てて地面に落ちたそれを見て、俺は目を見開いた。

ついこの間、試合の途中から俺が使ったラケットだった。それは本来、怪我《けが》が完治するまでは……そして捜していた女の子が見つかるまでは使わないと、椿と約束した代物だ。

「あたしは入学してからずっと見てきたんだよ。ショウちゃんのこと……ショウちゃんと練習で打ち合う、瑠璃ちゃんのことも……」

呆然とする俺に向かって、彼女は力いっぱい叫んだ。

「ここで瑠璃ちゃんを放っておくショウちゃんを、あたしは許さないよっ！」

椿の顔に当たった雨が雫《しずく》となって、頬《ほお》を伝って顎《あご》から落ちた。

ポタリと地面に小さな染みができ、それが少しずつ広がっていく。

一度、大きく息をした。

肺の中が酸素と、熱い何かで満たされていく。失われた熱が、腹の底から沸きあがってくる。

次第にそれは力強い奔流《ほんりゅう》となって全身を駆け巡った。

燃えるような熱を抱えたまま、俺は踵《きびす》を返して走り出す。

いつも見守ってくれている優しい瞳に背中を押されて、全力で地面を蹴った。

まだ冷たい四月の雨の中を、ひた走った。

一つわかったことがある。俺はバカだ。

六年前のあの日、掌《てのひら》に残った感触を思い出す。

世界からは音が消えていた。聞こえるのは荒い息遣い、胸の激しい鼓動。自分の音だけだ。

そうだ……いつも自分のことしか見えていなかった。前だけ見ていたつもりで、何も見えていなかった。

「っ!?」

濡《ぬ》れたレンガの石畳で足を滑《すべ》らせる。

視界が斜めに流れていくが、ズザザァッと無理やり踏ん張り、転倒を拒否する。

止まるな、走り続けろ。

濡れた衣服が身体《からだ》にまとわりつき、手足の動きを鈍くする。なにが『音速の鳥《ソニックバード》』だ。ちっとも前に進まないじゃないか。足をばたつかせて、無我夢中で羽ばたこうと、もがく。

これ以上待たせるわけにはいかないから……もっと速く、もっとだ。遅すぎたバカは一秒でも速く、彼女のもとへと行かねばならないのだ。

全身ずぶ濡れのまま、校舎に駆けこむ。

おそらくいるならここしかない。むしろここにいなければ、どこを捜せばいいか、見当もつかない。

だから、いてくれ。

祈りを込めて勢いよくドアを開いた。

そこには卓球台の端に立って、誰もいない対面を見つめる女の子。

「……あら、何の用かしら?」

ついこの間まで俺も使わせてもらった、彼女専用の練習場。そこに白鳳院瑠璃《はくほういんるり》の姿があった。

「ハア、ハア、よかった……まだ学校にいた……」

「びしょ濡れね。とりあえず、拭きなさいよ」

「他人の心配なんて、珍しいな……ハッ、まさか偽者か。本物はすでに海外に旅立っていて影武者とか……」

「何をバカなことを言っているの。いいから早くその一帯を拭きなさい。せっかく綺麗《きれい》にしたのに、もう一度私に掃除《そうじ》をさせる気?」

「拭けって、床のことかよ!」

びしょ濡れで駆けこんできた相手に床拭けとか、ひどい仕打ちだな。ただその所業は間違いなく氷結《ひょうけつ》の瑠璃姫《るりひめ》だ。

仕方なく乾いた雑巾《ぞうきん》で床を拭いていると、ふわっと柔らかい布地が頭にかけられる。

「あなたが濡《ぬ》れていたら意味ないでしょ」

俺の心配をしているのか、床の心配をしているのかよくわからないが、かけられたタオルを遠慮なく使わせてもらう。あらためて室内を見回すと、瑠璃《るり》が自ら掃除《そうじ》をしたという練習場は、とても綺麗《きれい》に片付いていた。

まるでもうここには戻ってこないかのように……。

「それで、何の用？」

いつもと同じ、透き通った冷たい瞳。

これからたった一人で海外に武者修行に出るとは思えないほど落ち着いている。あまりに普段通りで、明日にはもうここにいないなど、にわかには信じられない。

けれど、彼女は行ってしまう。

ならば言わなければならないことがあった。

「その……久しぶりだな」

「そうね。ここ数日は荷物をまとめるので忙しかったから……まともに挨拶《あいさつ》もできなかったのは悪かったと思って……」

「いや、六年振りだな」

「…………」

瑠璃は何も言わなかった。

ほんの少し目を見開いただけ。あとは凍りついたガラス細工のように端整な表情を保ったまま、黙ってこちらを見つめていた。

強くなった雨脚が弾丸のように窓ガラスを叩く音だけが響く。

しばらくすると瑠璃は小さく吐息を漏《も》らし、

「今さら気づいたのね……それで、なに？」

冷たく言い放った。

だが、認めたのだ。

ようやく、見つけた。あの夏の女の子。

「変わったな。全然気づかなかったよ」

「……そう、私は変わってしまったの」

「髪伸ばして眼鏡《めがね》までかけてるんだもんな」

その言葉に、瑠璃は少し驚いたようにきょとんと目を丸くした。

だがすぐに眼鏡の奥から冷めた瞳をこちらに向ける。

「……それだけじゃないでしょ。もうあの頃の私じゃない」

「それだけだよ。あとはなんにも変わっていない。あの頃と同じ、卓球が大好きな可愛《かわい》い女の子だろ？」

「……なにを見ているの？　全然違うでしょ」

「違わないだろ」

「眼球腐ってるんじゃないの？」

「はは、そうかもしれないな」

本当に、俺の目ん玉は腐っていたかもしれない。必死こいて捜していた人間がすぐそばにいたのに、まるで気がつかなかったのだから。

「……悪かったな。気づくのが遅くなって」

「別に気にしてないわ。六年も前の約束だもの。気づかないのが普通でしょうし、もう忘れているのかもしれないと思ったことだってある。だから気づいてくれて、覚えていてくれて嬉しかったわ」

少しも嬉しくなさそうな、淡々《たんたん》とした口調。ニコリともしない彼女は壁にかけてある時計を一瞥《いちべつ》して、最後の時を告げる。

「もういいかしら。今夜の便で出るから、あまり時間がないのよ」

「本当に行くのか？」

「ええ。あなたのおかげで、もうしばらくは卓球が続けられそう。感謝しているわ」

「感謝とか、いらないから」

「それと……最後に一緒にダブルスできて、楽しかったわ」

「……なに勝手なこと言ってんだよ」

「それじゃあ、いつかまたどこかで……」

さよなら、と一方的に別れの言葉を口にした。

名残惜《なごりお》しさを微塵《みじん》も感じさせず、瑠璃《るり》は気高《けだか》く確かな足どりで俺の横を通り過ぎようと……。

「いつか……じゃねぇよ」

その肩を掴《つか》んだ。

逃げられないように強引にこちらを向かせる。

「このますんなり行かせるかよ。何のためにびしょ濡《ぬ》れになってまで走ってきたと思ってやがる」

「さあ？　あなたの考えていることなんかわかるわけないでしょ」

彼女は嘲《あざけ》るように肩をすくめてみせた。

普通はそうだ。他人の考えていることなんか、わかるわけがない。

ただお前が、常に相手の考えを見透《みす》かす氷結《ひょうけつ》の瑠璃姫《るりひめ》が、都合よく『わかるわけない』なんて言うんじゃねぇよ。

「ふざけるなよ。あのときの約束、まだ果たしてないだろ」

「再戦なら入学式の日にしたわよ。あなたは私に勝てなかった。そうでしょ？」

「これからも俺に『女の子に優しくしろ』とかいう面倒臭いしがらみを背負ったまま生きろっ

て言うのか」

「面倒なら、別にしなくたって構わないわよ。六年前の、子どもの約束でしょ。別に今さら……破りたければ好きにしていいわ」

この野郎……どこまでも自分勝手なヤツだ。

今日まで俺がこだわってきた約束をそんなに軽々しく破っていいだとか、六年ぶりに再会して気づいていたのに黙って海外へ逃げようとか……そうはさせるか。

「それじゃあ俺の気が済まないんだよ」

スッと彼女の喉元に、ラケットを突きつける。

「白鳳院瑠璃《はくほういんるり》、お前に試合を申し込む」

「……もう一度、わたしと戦《や》る気？」

「ああ、俺が勝ったらなんでも言うことを聞いてもらうぞ」

「……私が負けたら、男に優しくしろとでも？」

「いや、そんなこと言わねぇよ」

男子に優しい瑠璃も見てみたい気はするが、たぶん気持ち悪いだけだしな。

誰にも媚《こ》びないからこそ気高《けだか》く美しい、それが白鳳院瑠璃だ。

だから今言いたいことはたった一つ。

まっすぐに彼女を見据《みす》え、あの日言えなかった、本当は伝えたかった想いをぶつける。

「俺が勝ったら、ここに残れ。どこにも行くな！」

瑠璃はわずかに目を見張るが、それだけだった。

何事もなかったかのようにすぐに試合の準備を始める。眼鏡《めがね》を外し、髪を後ろで一本に束ねると、瞳が冷たい鋭さを宿す。卓球選手としての彼女が目を覚ます。

「審判はどうするの。今から誰かを呼びに行く？」

「セルフジャッジでいいんじゃないか。互いに卓球でズルなんかしないことはわかってるだろ」

「それもそうね。時間がないから1ゲームでいいかしら？」

「ああ、問題ない」

「じゃあ、いくわよ」

俺がラケットを構えるのを見るや、瑠璃が高々とトスを上げた。

彼女のサーブに合わせて前に出る。そして跳ね際を被《かぶ》せるように、打ち抜く。

先手必勝の前陣速攻《ぜんじんそっこう》……だが打ったと同時に目の前に氷の壁が現れた。反射されたボールが高速のカウンターとなって俺の脇をすり抜けていく。

「うおっ……初《しょ》っ端《ぱな》から全開かよ」

「そうね、先に言っておいたほうがよかったかしら。ここで格好よく私に勝って約束を果たす気かもしれないけれど、卓球となれば私は空気が読めないわよ」

「お前はいつも読めてないだろ……」

けどまあ、望むところだ。本気の瑠璃《るり》を負かさなければ、意味がない。

誰も見ていない、二人だけの静かな試合だった。

台の上をプラスチックの球が跳ねる乾いた音。シューズが擦《こす》れるスキール音。荒い息遣い。それらを掻《か》き消す強い雨音。

その中で、黙々と俺たちはボールを追い続けた。

「……それで、どうしてまた海外に行くんだ？」

切迫したラリーの最中、沈黙を突き破り俺は尋ねた。

相手の動揺を誘っているのではなく、なんとなく今なら本心を聞き出しやすいと思ったからだ。

無視されるかもしれなかったが、瑠璃はピクリと眉《まゆ》をわずかに上げて、きっちり打ち返しながら答えてきた。

「今より強くなるためよ。今度は一人で……シングルスでも姉さんに勝てるだけの実力をつけるため」

「そんな建前の返答なんて聞きたくねぇよ」

「建前なんかじゃ……」

「卓球で嘘《うそ》をつくなよ」

「…………」

瑠璃のラケットが空を切った。

空振り。わずかに沈むドライブ回転を掛けてはいたが、普段の彼女ならばあり得ないミス。平常心でないのは明らかだった。

別にこれでミスを誘うのが目的じゃなかったんだけどな。

ただ納得いかないことがあるのだ。

後ろに転がったボールを拾い上げた瑠璃は無表情に俺を見つめて、逆に尋ねてくる。

「どうして私が海外に行くのを止めようとするの？」

そんなの、決まっている。

「ずっと追いかけていたお前がいなくなるなんて、困るだろ」

「…………」

ボールを手に固まったまま、瑠璃はパチパチと瞬きを繰り返した。

この学園に入学してからずっと疑問に思っていた。

専用の練習場があるのに、どうして瑠璃はあのときわざわざ共同の練習場に顔を出したのか。

それはきっと……あの日の約束を覚えていたからだ。俺のことを捜していたからだ。

もしも逆の立場だったら、俺だって同じことをしただろう。新入生の中から、約束した相手の姿を捜しただろう。

そしてもう一つ。どうしてパートナーに欠点だらけの俺を選んだのか。

おそらく約束した相手を見つけ、気づいてもらえるようにそばにいたかったからだ。それほどあの約束にこだわっていたのだ。

ならば、なぜ？　疑問ばかりが首をもたげる。

それだけこだわっていたのに、なぜ今になって再び一人で海外へ行くというのか。

「どうして……」

彼女は俺を見つめたまま、ぼそりと呟《つぶや》いた。

「どうして、今頃私の前に現れたの……どうして、気づいてしまったの……」

肩を震わせ、歯を食いしばり、射るように俺のことを凝視し続ける。

「追いかけられて迷惑だったか？」

「迷惑なんかじゃ……」

「六年振りに会った俺が弱くて失望したか？」

「あなたが私の前に現れて、私がどれだけ嬉しかったか！」

氷塊が溶け出したように、感情の波が溢《あふ》れだした。

「強くなろうとずっと一人で頑張っていたのよ……でもいつまで経ってもあなたは来なかった。風の便りであなたが怪我《けが》をしたと聞いたから……いくら待っても来ないから、私は私の道を行こうと思い始めていたのに。あなたが入学してきて……あなたと打ち合っているうちに、あの頃の……一番楽しかった頃の卓球を思い出してしまった……」

口から零《こぼ》れた言葉の意味は正確にはわからない。だが、言わんとしていることはなんとなく理解できた。

「悪かったな、なかなか会いに行けなくて。けど、ちゃんと来ただろ」

「そう……再会したあなたはあの約束にこだわっていた。約束を守ろうと必死になっていた」

「それはお前も同じだろ。ちゃんと卓球続けて、待っててくれた」

彼女は瞳に珠《たま》の涙を溜めながら、首を横に振る。

「私は違うわ。卓球を続けるために……姉さんを倒すために戦型を変えて、自分を殺して、他人を蹴落として、様々なものを切り捨てて……ただ勝つことだけにこだわって、無我夢中で、大事なものを見失っていた」

「……別にそれでもいいんじゃないか。それだけ必死だったんだろ」

「それだけじゃないわ」

目元を擦《こす》り、瑠璃《るり》はゆっくりと俺の右膝《ひざ》を指さした。

「その怪我、椿《つばき》さんを庇《かば》って負ったんでしょ」

ドキリと身体《からだ》が強張《こわば》る。

この間のやりとりのことか……椿が口を滑《すべ》らせたとはいえ、あのとき瑠璃は「どうでもいい」と、さして興味も示さず聞き流していたはずだった。そのはずなのに……。

「そのことは……今は関係ないだろ」

「あるわよ」

静かに瑠璃《るり》は言い放った。

どうでもいいんじゃ……なかったのかよ。

意識すると、膝《ひざ》の裏が熱を持ったように疼《うず》いた。

この怪我《けが》のせいで遠回りしてきたからか？　他人を庇《かば》って怪我を負い、俺が回り道をしてきたと知った瑠璃は、どう思ったのだろう。

やはりマヌケだと笑ったのか、それとも強い憤りを覚えたのだろうか。ずっと待っていた自分がバカらしくなってしまったのかもしれない。

もしかしてそれに気づいたから、俺に嫌気が差して海外に行くのだろうか……。

ところが当の瑠璃は、全く違うことを口にした。

「あなたが女の子に優しくするのは、私との約束を守っているから。だから椿《つばき》さんを庇って怪我をしたのも、私との約束を守るため。あなたに怪我をさせたのは……私でしょ。私があなたに重荷を背負わせている。だから私は、あなたのそばにいる資格がない」

「…………」

そんなことを考えていたのか。

怪我を負ったのは、全部俺の責任なのに……。

あの日鉄棒から落ちそうになった椿《つばき》を助けようと——俺が助けてやろう、という傲慢《ごうまん》な思い上がりが招いた怪我。

何度思い返してみてもあのとき、非力な小学生の俺に何ができたわけでもないのに。そのまま落ちていれば、椿は軽い骨折程度で済んだはずだ。頭から落ちるような体勢ではなかったのだから、今の俺よりひどい怪我《けが》を負うことはなかったと思う。

あのとき俺が余計なことをしなければ、椿がこの怪我をいつまでも気に病むことはなかった。瑠璃《るり》がいらないことで責任を感じることもなかった。

くそっ、結局悪いのは全部俺じゃねぇか。

「怪我ならほとんど治ってる。気にするな」

「でも私にはあなたのそばにいる資格がない」

「資格がどうとか……それを決めるのはお前じゃないだろ」

「私はあなたとダブルスできて……楽しかった。それで踏ん切りをつけようと、もう忘れようとしたのに……」

「忘れる必要があるのか？」

「私はもうあの頃の私じゃないわ」

「でも同じ白鳳院《はくほういん》瑠璃だろ」

「全然違うわよ。卓球の戦型を変えて、見た目も、性格も……」

「たしかに色々変わったかもな。けどあの日の思い出は、形がないから無くならないし、お前が忘れようとしたって消えやしないよ」

それはかつての俺が、怪我をして忘れようとしたもの。忘れたくても忘れられなかったものだ。いくら泣いても涙で流れることはなかった。乾いて剥《は》がれ落ちることもなかった。今も俺のこの胸に、しっかりと焼きついている。

だから断言できる。この思い出はどれだけ時が経《た》っても消えはしない。

瑠璃がいなくなっても俺が忘れることはないだろうし、それにきっと瑠璃も忘れることはできないだろう。

言葉を重ねるうちに、瑠璃の瞳は揺らいでいた。

「でも……私は……」

それでも彼女は言葉を濁《にご》らせるので、

「もういいよ。もう、無理して理由を探さなくていい」

続く言葉は遮《さえぎ》った。

これ以上話しても、きっと平行線をたどるだけだ。

「お前がここに残るのに何の問題もない。だから目の前の卓球を楽しもうぜ」

くいっと片手で彼女に打って来いとアピールする。

結局は俺がこの場で勝てばいいだけの話だ。文句はその後に、いくらでも聞いてやろう。

「私は卓球を楽しむような余裕はないのよ。それに問題なら残っているわ。最初に言ったでしょ。私はもっと強くなりたい。姉さんが中国へ行くというのなら私も海外の選手と戦って、もっと高みを目指して――」

「ああ、それならたぶん大丈夫だ」

「なにが……っ」

クワッと彼女の目が見開かれる。

曖昧《あいまい》な返答に業《ごう》を煮やしたか、高くトスを上げて、鋭いサーブを放ってくる。

俺の左手、バック側を攻めてくるサーブ。打球に追いつき、さらにそこから回り込み、あえてフォアハンドで強打を打った。

求められるのは、怪我《けが》の影響など微塵《みじん》も感じさせないプレー。

俺の怪我に責任を感じているのなら「気にするな」などと気休めを言うだけじゃ、きっとダメなんだ。もう大丈夫だと、実際に示してやらねば。

だがそこへ、

「なにが……大丈夫よ！」

容赦《ようしゃ》のない反射の壁が立ち塞《ふさ》がる。

鏡に跳ね返されたレーザービームのような打球は誰もいないフォアサイドへ。

バックに来たボールを回り込んで打った俺からは、遥《はる》かに遠いコース。

誰もが届かないであろう打球が視界の中でゆっくりと流れ――同時に俺の身体《からだ》は疾駆《しっく》していた。

反応は反射へ。脳の信号を身体がダイレクトに受け取る。

太ももを隆起させ、足の親指の付け根で地面を掴《つか》む。爆発的に加速した身体は風を超え、音をも超える。

視界が狭まり、音が消えた。

そんな世界で俺が見つめるのはただ一つ。宙に浮かんだ白い点。その一点めがけて全力で腕を振るう。

閃光《せんこう》が瑠璃《るり》の横を駆け抜けた。

「なにが……起きたの……」

呆けた顔の彼女にもう一度……いや何度でも言ってやる。

「どこにも行くなよ。お前が全力で挑んでも勝てない相手が、目の前にいるだろ」

×　×　×

夜中まで降り続いた激しい雨が嘘《うそ》のように、天気は快晴。

窓からの日差しはぽかぽかと暖かい。

こんな春の陽気なら気持ちよく卓球ができるはずなのだが、あいにくそうはいかなかった。

昨日の瑠璃《るり》との試合のせいだ。もっともそれは試合とも呼べない、ただの打ち合いだったのだが……。

勝負を挑んだ俺が言うのもなんだけど、こっちは街から全力疾走してきたっていうのに、ハンデもくれずに本気で打ってくるとか……本当に血も涙もないヤツだった。まあ俺がそれを望んだんだけどさ。

ちなみに勝敗はというと……。

「いでででっ！　もっと優しくできないのか……」

「うるさいっ！　人の気も知らないで！」

床に寝そべった俺の脚を伸ばすため、椿《つばき》は掴《つか》んだ脚にやや強引に体重をかけてきた。

「雨で滑《すべ》る道を全力疾走、しかもその直後に左右に激しく動く戦型とか……もう、せっかく治ってきたのに無茶して」

「もしかして、リハビリをまた一からやり直しとか……」

「大丈夫だよ。周りの筋肉が守ってくれたおかげで、ちょっとスジを痛めただけで済んでる」

「おおっ、じゃあすぐ治るんだな」

「ダメ！　当分はおとなしくしてて。動けるとすぐ無茶するんだから」

グイッと軽く脚を捻《ひね》られただけで、激痛が走る。この厳しい監視がついているので、しばらくまともに卓球はできなさそうだ。

　仕方なく椿に身を任せていると、

「ところであなたたち、何をやっているの？」

　頭上から冷たい透き通った声が降り注いだ。

　声の主は見なくてもわかる。白鳳院瑠璃《はくほういんるり》だ。

　そもそもここは瑠璃専用の練習場なので、彼女がいて当然だった。

　床に敷いたマットの上で俺の脚を持ち上げていた椿がきょとんと首を傾《かし》げる。

「え？　ショウちゃんの脚を伸ばしてあげてるんだよ？」

「どうして私の練習場に勝手に居座っているのかを聞いているのだけれど……」

「やだなぁ、友達でしょ〜」

「………………」

　少しも悪びれた様子のないニコニコとした笑みを見せられ、瑠璃は黙り込んでしまう。

　友達ならなんでも許されると本気で思っているのだろうか……もっと言い方ってもんがあるだろうが。

　瑠璃が機嫌を損ねる前に、なんとか俺が取り繕う。

「練習パートナーが欲しいだろうと思ってさ」

「頼んだ覚えはないわ。それに、ポンコツのパートナーなんていらないわ」

「じゃあ、あたしがやろっか？」

「人の話を聞きなさい」

瑠璃《るり》の海外行きは、白紙になった。

あの後すぐに俺の膝《ひざ》が悲鳴を上げて勝負は中断されてしまい、痛みに悶絶《もんぜつ》していると「そろそろ出発の時間だよ～」と瑠璃を呼びに来た紅亜《くれあ》さんが衝撃の事実を口にしたのだ。

「瑠璃ちゃん、行き先はひとまずドイツだっけ？　あたしもそっち行こうかなぁ。そうしたらまた一緒に打てるしね」

「え……姉さんは中国のプロリーグに参加するんじゃ……」

「ああその話ね～、断られちゃった。今年は外国籍の選手はみんな参加不可だって。もっと早く教えてほしいよね」

「じゃあ、姉さんは……」

「しばらくはこっちにいるよ？」

「はは…………なによ、それ」

恥ずかしさを誤魔化《ごまか》すように、瑠璃がキッと鋭い視線で俺を睨《にら》んだ。

気持ちはわかるがそんな真っ赤な顔でこっちを見るな。冷静に考えたら、カッコつけて引き止めようとしていた俺が一番恥ずかしいんだから。

ちなみに、紅亜さんにどうして俺のことを知っていたのか尋ねたら、

「だってあたしも六年前の夏、あそこにいたもの」

「……はい？」

予想外の答えに口からマヌケな声が漏《も》れた。

「夏休みでヒマだったんだもん。だから瑠璃ちゃんの様子をこっそり見てたんだけど、もう瑠璃ちゃんったら毎日ルンルンで出かけちゃって……」

「余計なことは言わないで」

ピシャリと遮《さえぎ》るように瑠璃が口を挟むと、なぜか紅亜さんが妹そっくりの瞳で俺を睨んだ。

「キミのせいで瑠璃ちゃんがあたしに冷たい！　どうしてくれんの！」

「え……俺のせい？」

「間違いなくキミのせいだよ！」

断言されたが……いや、違うだろ。瑠璃が冷たいのは紅亜さんに卓球で勝てないから、その苦手意識や劣等感《れっとうかん》からくるもので、俺はまったく関係ないはずだ。

「とにかくキミなんかに瑠璃ちゃんを取られるのは癪《しゃく》だから、この間はコテンパンにしてやろうと思ったのに、瑠璃ちゃんいつもより調子いいんだもん。あーもうムカつく。あたしの瑠璃ちゃんはキミなんかにあげないからね！」

などと、とにかく好き勝手言われてしまった。

結局俺が瑠璃を引き止めようと汗水流したのは無駄な行動だったわけだ。

けれどきっと、全てが無意味ではなかったと思う。

だって俺の胸はこんなにも温かな気持ちで満たされているのだから。

「とにかく、まともに動けない人がいても邪魔なだけだから、まずはその脚を治してから出直して――」

そんなわけで瑠璃《るり》は現在も学園に残っており、いつものように俺を罵倒《ばとう》してくるが、そこへ、

「ウーッス！　遊びに来たぜ！」

「えっと、お邪魔します」

普段はこの場所にいない沙月《さつき》と志乃《しの》まで入ってきて、瑠璃は露骨に顔をしかめて俺を見た。

「……なんで増えるのよ」

「俺が誘ったんだよ。色んなタイプの選手とやりたいんだろ？」

そうして早朝から瑠璃専用の練習場は、コンコンといくつもの乾いた音が響き始める。

「いくぜっ、秘技スリッパ打法！」

「だからその打ち方も反則とられるんだって！」

「ちょっと、あなたたちも私の練習場で変態技の練習なんか――」

「まあまあ瑠璃ちゃんも細かいことは気にしないで。賑やかなほうが楽しいじゃん」

「私が集中できないでしょう」

「この程度で集中力が乱れるとか、まだまだだな」

「あっ、こら！　ショウちゃんは勝手にラリーに混ざらないで！　おとなしくしてて！」

「ちょっとくらい構わないだろ？」

「……あなたたち、私の話を聞きなさいよ」

騒がしくも楽しいラリーの応酬。

閉め切った室内だろうと、俺たちの目の前には青い空が広がっている。

空の上をいくつもの白い軌跡《きせき》が、飛行機雲のように伸びていく。

その一つ一つに想いをのせる。心地《ここち》好い音を響かせて。

そんな最高に楽しい卓球が、俺は大好きだ。

あとがき

はじめまして、谷山走太《たにやまそうた》と申します。このたび第十二回小学館ライトノベル大賞の優秀賞をいただきました。身に余る栄誉、誠に光栄です。

立派な賞をいただいたのですから、作品も立派なものにしなくては。ということで先日部屋の大掃除《そうじ》をしました。「良い作品は良い環境から生まれる」なんてどこかで聞いたフレーズを思い出し、それはもう隅々まで綺麗《きれい》にしました。

すると机の下の奥のほうからゴキブリホイホイが出てきました。埃《ほこり》まみれな上に外側のデザインは色褪《いろあ》せて、ずいぶんと年季の入っているご様子。僕自身まったく記憶にないことから、おそらく十年以上は放置してあったのではないでしょうか。

旧世代の罠《わな》とはいえそれだけ長い期間置いてあったのだから、きっと中には何匹かマヌケな連中が身動きもとれずに息絶えているのではないか。おっかなびっくりしながら中を覗《のぞ》いた僕に、戦慄《せんりつ》が走りました。

結論から言うと、中にゴキブリはいませんでした。かわりにネバネバに引っついていたのは、鉛筆のキャップ。そう、かつて小学生の間で大流行したドラゴンクエストのバトル鉛筆。いわゆる『バトエン』という、六角の鉛筆をサイコロ代わりにコロコロ転がして相手にダメージを与えて遊ぶアレです。その装備キャップが転がっていました。それだけなら「懐かしいものが落ちてるなぁ」くらいで終わるのですが、衝撃的だったのはその装備キャップの効果。そこにはこう書かれていました。

『どく　20のダメージをうけた』

当時の僕は身動きの取れなくなったゴキブリをこの毒で倒そうとしたのでしょうか。なんとも夢見る少年だったのですね。まあ十数年後には小説家を目指すのですから、これくらい想像力豊かでないと。あっはっはっ…………ごめんなさい、ただのアホな子でした。


ここからは謝辞を。

この作品を選考してくださったゲスト審査員の川村元気《かわむらげんき》様をはじめ、小学館ガガガ文庫編集部の皆様、本当にありがとうございました。

担当の濱田《はまだ》様、初めての打ち合わせで「流行とかラノベらしさとか、そんなのは気にしなくていいよ。キミはその胸の中にある『熱さと勢い』を大事にすれば、それでいい」そう言ってもらえたことがなによりも励みになりました。実際『熱さと勢い』のことしか考えていないので今後もたくさんご迷惑をかけると思います。どうか末永くお付き合いください。

イラストレーターのみっつばー様。最高にかっこいいイラストをありがとうございます。イラストがあがってくるたびに僕の胸は熱くなり、脈打つ鼓動によってそれは情熱へと昇華して、加速した思考は無限の彼方《かなた》へ飛翔し……とにかく、今もそれくらい興奮しております。

その他、この作品の出版に携《たずさ》わっていただいた方々、おかげさまで一冊の本として世に送り出すことができます。ありがとうございました。

それから支えてくれる家族、ありがとう。一緒に悩んだりバカ話に付きあってくれる友人やランニング仲間たち、ありがとう。いつも勇気と元気をくれるJAM Projectの曲たち、ありがとう。胃腸が弱い僕のために毎日消化にいいトロトロの料理を作ってくれる電気圧力鍋、無限にヨーグルトを増殖させてくれる発酵メーカー、あと豆腐《とうふ》とか納豆とか、もうなんか色々とありがとう。

たくさんの人たちとの出会いやこれまで経験した出来事のおかげで、今の僕はできています。なにか一つ欠けても今の僕にはなっていません。だから全てに感謝を。ありがとう。

人生山あり谷ありですが、これからも走り続けていけるよう頑張ります。

最後にこの本を手に取っていただいた皆様に最大級の感謝を。少しでも楽しんでいただけたなら幸いです。

谷山《たにやま》　走太《そうた》

GAGAGA

ガガガ文庫

ピンポンラバー

谷山走太

発行　2018年6月24日　初版第1刷発行

発行人　立川義剛

編集人　野村敦司

編集　濱田廣幸

発行所　株式会社小学館
〒101-8001 東京都千代田区一ツ橋2-3-1
[編集]03-3230-9343　[販売]03-5281-3556

カバー印刷　株式会社美松堂

印刷・製本　図書印刷株式会社

Printed in Japan　ISBN978-4-09-451734-7